Grazer Vorlesungen zur Kunst des Schreibens (Band 5)

Hg.: Franz-Nabl-Institut für Literaturforschung
und Literaturhaus Graz in Kooperation mit dem
Institut für Germanistik der Universität Graz

Redaktion:
Günther A. Höfler, Klaus Kastberger,
Anne-Kathrin Reulecke, Robert Vellusig

Kathrin Röggla, geboren 1971 in Salzburg, lebt in Köln und Berlin. Sie schreibt Prosa, Essays, Hörspiele und Theatertexte. Für ihr Werk erhielt sie zahlreiche Preise, u. a. Salzburger Landesliteraturpreis (1992), Anton-Wildgans-Preis (2008), Nestroy-Preis (2010) für das beste Stück (»worst case«), Franz-Hessel-Preis (2010) und Arthur-Schnitzler-Preis 2012, Wortmeldungen – Literaturpreis (2020), Österreichischer Kunstpreis für Literatur (2020) und Franz-Nabl-Preis (2021). Sie ist Mitglied der Darmstädter Akademie für Sprache und Dichtung, der Bayerischen Akademie der Schönen Künste und der Akademie der Künste in Berlin, wo sie seit Juni 2015 das Amt der Vizepräsidentin innehat. Seit 2020 ist Kathrin Röggla Professorin für »Literarisches Schreiben« an der KHM Köln.

Kathrin Röggla

AUSREDEN

Rausreden. Auserzählen. Abschreiben

Literaturverlag Droschl

Ausreden

Lasst mich doch endlich einmal ausreden, habe ich das schon gesagt? Ja, ich möchte einmal nur ausreden dürfen, hier an dieser Stelle. Aber dazu müsste ich erst einmal zu Wort kommen, so fängt es nämlich an. Erst einmal zu Wort kommen und dann ausreden dürfen. Das ist doch hier die Verabredung? Jemand wird mir das Wort geben, und dann darf ich loslegen. Und dann kann ich mich ausbreiten, im Hier und Jetzt. Klar, es gibt einen zeitlichen Rahmen, aber was wäre ein zeitlicher Rahmen ohne den Gedanken, ihn zu sprengen? Die Literatur ist voller Texte, die den Rahmen sprengen, jede auf ihre und seine Weise, ob Gertrude Stein, Friederike Mayröcker oder David Foster Wallace, warum nicht auch ich?

Doch stopp! Noch bin ich nicht dran. So lange will ich schon etwas sagen, aber man lässt mich einfach nicht. Ich hebe meine Hand, aber man übersieht mich, man übersieht mich bereits, wenn ich am Bildschirm auftauche, und das Übersehen geht weiter, wenn das Zoom-Meeting erst so richtig begonnen hat. Ist hier kein Zoom-Meeting? Glauben Sie mir, alles ist heute ein Zoom-Meeting! Ihr wisst, was ich meine, man hebt die Hand, man wackelt mit seiner Hand vor dem Bildschirm herum, man schreibt seinen Namen in den Chat, wird aber geflissentlich ignoriert. Die sogenannte Moderation fordert einen nie auf loszulegen, sie schiebt einen beiseite, und wenn man doch mal drankommt, ist der Bildschirm plötzlich eingefroren, also der eigene Bildschirm ist eingefroren, der der anderen natürlich nicht. Die anderen haben nie eingefrorene Bildschirme, nur ich habe einen, oder aber ich dringe anderweitig nicht durch (»In Kürze lässt Sie der Moderator eintreten«!) – die Akustik hinkt, ich klinge verrauscht, es liege an meinem Mikro, stets liegt es an meinem Mikro, man könne mich aus akustischen Gründen schon nicht verstehen, oder aber ich spreche Unverständliches aus, meine Sprache ist nicht klar genug, ich sage Dinge, die nichts zur Sache tun, man gibt mir unmissverständlich Bescheid, das, was ich äußere, sei bereits gesagt. Jemand vor mir, XY hätte das doch schon geäußert, dabei hat er etwas vollkommen anderes gesagt, da bin ich mir ganz sicher! Es war eben nicht das Gleiche, was die Tante da rechts unten formuliert hat, die mit dem leicht verzwinkerten Blick, oder der Typ da in der Kachel links außen, also auf meinem Bildschirm links außen, ja, der, von dem man stets nur den Haaransatz sieht. Er wollte auf etwas anderes hinaus, er wollte sein Plädoyer für DEN Einzelgänger halten, ich wollte Einzelgänger an sich bloß verteidigen. Das ist etwas anderes. Aber ich sehe schon, die Schwarmintelligenz hat hier übernommen und formiert sich zur Kohorte.

Wo sind wir hier eigentlich? Sicherlich nicht in der Berger Kirche in Düsseldorf bei dem Beuys-Schüler Stüttgen, der alle ausreden lässt, und zwar nicht einfach ausreden lässt, sondern im Beuysschen Erbe ausreden lässt, und ganz nach Joseph Beuys sitzt man dann beisammen um einen runden Tisch und lässt sich immer ausreden und wartet immer ab, bis der Vorredner zu Ende gesprochen hat. Und immer gibt es einen Vorredner, und immer weiß man, dass man irgendwann schon dran ist, ganz intuitiv, und immer fährt der Bus »Arbeitskreis Direkte Demokratie« los, raus aus der Kunstblase und hinein in die Stadt und trifft immer Menschen an, die zuhören wollen und sprechen, mitten hinein in die ganzen Wohnviertel und Außenbezirke kommt dann der Bus »Direkte Demokratie« und beginnt das Gespräch, hält an Haupt- und Nebenplätzen, fängt Fußgänger ab, die es da und dort noch gibt. Er fährt nicht vorbei an den Sozialbausiedlungen, den Trockenwohnern und Zwischenmietern, den untergebrachten Menschen auf Durchzug, den Heimbewohnern und Anstaltsinsassen. Er bleibt stehen, der Bus Direkte Demokratie bleibt immer stehen und bietet dir das Diskussionsklima an, also ein gewisses Diskussionsklima, in dem auch eine Diskussion drinsteckt, tief drinnen steckt, die man dann herausziehen kann. Er fährt vorbei an den Fassaden, an der Innenstadtmöblierung fährt er vorbei, er schlängelt sich durch das Einbahnstraßensystem, der Bus Direkte Demokratie, bis er zu uns kommt, die wir in den Schlafstädten wohnen, in den letzten Ecken der Städte. Und alle sind sie beteiligt an der direkten Demokratie und insofern am Gespräch, das stets in Gang gebracht wird. Es gibt die üblichen Themen. Das, was eben so petitionsfähig ist. Was alle aufregt. Wo alle mitreden wollen. Und wo man sie, wo man uns potentiell mitreden lassen kann. Stadtplanung, Tierhaltung, Wehrpflicht, Wolfsrudel im ländlichen Raum – ach ja, Verkehrssystemfragen. Die Dinge wollen diskutiert sein, die Dinge werden diskutiert, bis er wieder weiterfährt, bis der Bus losfährt. Was ist noch alles volksumfragentauglich? Macht mal eine Liste! »Kathrin Röggla, über welches Thema stimmt Deutschland ab?« Mach mal eine Liste! Da ist sie doch, die Mail, die sich jetzt eben über den Bildschirm schiebt, ja ruckelt, da mein Empfang so schlecht ist. So viele Rechenprozesse sind im Gang, während ich spreche, viel mehr Rechenprozesse als gedankliche Prozesse, und so schiebt sie sich erdrückend langsam, kämpft sich durch die schlechte Verbindung vorwärts, denn die Netze funktionieren nie, wenn man sie braucht. Aber: Bis zum 31.XY. darf ich mitbestimmen, zu welchem Thema Deutschland abstimmt. Doch der 31.XY. ist ja schon vorbei! Ja, sage ich mir, hier ist der 31.XY. immer schon vorbei, er ist längst gelaufen.[1] Los, los, macht schon, heißt es weiter, nur einen Klick von der wahren Demokratie entfernt. Und es stimmt doch auch – oder warum werde ich gerade misstrauisch? Schließlich sind wir auch in anderen Fragen vermeintlich immer nur einen Klick von irgendetwas entfernt – Waren, Beziehungen, Wohnträume –, und dann zeigen sich die langen Wege danach. Klickzahlen sind es auch hier, die uns entfernen oder näher bringen zur politischen Teilhabe, Klickzahlen, die immer irgendetwas verraten, die niemals in Frage gestellt werden dürfen, und Algorithmen sind es, die sie wieder abschaffen. Zwischen Klickzahlen und Algorithmen fährt er, der Bus Direkte Demokratie, der wirklich sein Bestes versucht,

1 Das sind die Themen, über die in Deutschland abgestimmt werden soll laut Abstimmung am 31.3.: Keine Profite mit Krankenhäusern, Widerspruchsregelung bei der Organspende, Maßnahmen zur Klimawende 1,5 Grad Ziel, Einführung bundesweiter Volksentscheide. Quelle: newsletter von openpetition vom 12.4.2021, https://www.openpetition.de/abstimmung21/ichwillabstimmen

zumindest schaut da ein menschliches Gesicht heraus, ein Ansprechbarer oder eine Ansprechbare, je nachdem.

Ich übertreibe? Wirklich? Egal, sicher ist, ich kann meinen Satz nicht zu Ende formulieren, immer wird er mir vorher abgenommen und dann in eine ganz andere Richtung gebogen, die nicht die meine ist, also meine Stoßrichtung. »Ich hake dann an diesem Punkt mal ein« heißt es dann, schon wird er mir abgenommen und nicht einmal interpretiert, sondern anschlusslos in eine andere Richtung weitergeredet und das Gespräch entwickelt sich dadurch falsch. Und schwuppdiwupp, kaum hat man sichs versehen, hat sich auch der Mediendiskurs dazu verselbstständigt. Das Ganze ist längst weiter. Wir sind immer schon woanders. Die gemachten Äußerungen sind nicht mehr einzuholen, der Kontext nicht mehr herzustellen, die Debatte ist toxisch geworden, d. h. das Falschverstandene und Falschverstehende hat übernommen, und schon lange ist gar nicht mehr von irgendwelchen Ausgangsproblemen die Rede, auch ich habe sie vergessen, bin schon mit dem Kopf woanders, was auch immer das heißen mag, der Diskurs lässt sich ohnehin nicht mehr von mir auf Reset drehen.

– Man steht eben immer auf der falschen Seite.

So ähnlich. Oder richtig! Wir landen bei den ewig gleichen Scharmützeln, Gräben und Vorurteilen, mitten in diesem vermeintlichen Kulturkampf, den ich doch gar nicht vorhatte mitzumachen. Ist man nicht auf dieser Seite, so ist man automatisch auf der anderen, und alles nur hübsch auf der symbolischen Ebene. »Kein Gendersternchen? Du bist eine Rechte.« Teilt man umgekehrt irgendetwas über Menschenwürde mit, ist man automatisch linksradikal.

– Das eine folgt aber einer anderen Logik als das andere!

Weiß ich doch!

– Na, und warum erzeugst Du jetzt wieder diese Symmetrie?

Ganz einfach, weil es hier nur um Symbolpolitik geht, niemals um das Reale, die politische Ökonomie, die wird hübsch unangetastet gelassen. All diese identitären Diskurse passen sich doch wunderbar in das neoliberale Programm ein –

– Richtig, nur mit dem Unterschied, dass du linksliberal-identitäre Diskurse meinst, nicht die antirassistischen und feministischen Emanzipationsbewegungen, die sich mit dem sozialen Kampf verbinden …

Stopp! Ich bin jetzt hier die Rednerin, ich bin die, die das Wort hat! Warum verstehst Du das nicht?

Tja, es ist wieder einmal soweit. Immer wenn ich mir vorstelle, was ihr, also das Publikum, jetzt sagen würdet, gerate ich in eine innere Mehrsprachigkeit, und ich kann nicht anders als mir ein Gegenüber vorzustellen. Jemand hat mir das Wort gegeben, und da ist er, der Widersacher, die Antagonistin, jemand mit gegenteiliger Ansicht, mit den Gegenargumenten, immer anderer Meinung, nur so, aus Prinzip. Das bleibt nicht aus. Wie schreibt Elfriede Jelinek so schön in *Das Schweigen*: »Eine kleine Menge von Lesern folgt mir erwartungsvoll und erbarmungslos, sie erwarten sich natürlich einiges von mir, bloß um mir endlich zu widersprechen …«[2]

---

2 Elfriede Jelinek. *Das Schweigen*, https://www.elfriedejelinek.com/fschweig.htm

Aber jetzt ist nicht Jelinek dran, jetzt bin ich die Gefragte, also die derzeit Gefragte, denn das Literaturhaus Graz hat ganz klar mich beauftragt, oder etwa nicht? Aber was wurde ich gefragt? Ach ja, was tue ich eigentlich beim Schreiben, oder was hat mich zum Schreiben gebracht! (Ich höre bei den Fragen meist immer nur die Hälfte, weil ich zu diesem Zeitpunkt schon losreden möchte.) Eine Materie voller Tücken der Eitelkeit. Gottseidank bin ich total uneitel und überdies nicht allein. Wir sind viele, das weiß ich von dem russischen Literaturwissenschaftler Michail Bachtin und aus Erfahrung. Deswegen weiß ich auch: So ein Auftrag verlangt eine klipp und klare Antwort von uns vielen! Und zwar eine aktuelle Antwort, nicht die von gestern oder gar vorgestern oder am Ende von morgen. Es ist in jedem Fall eine Frage, die auf Listen hinausläuft, machen wir also Listen! Denn Listen lassen sich leicht aktualisieren bzw. updaten, und funktionieren daher nachhaltiger als gebundene Texte, d. h. Texte mit Kontext, die sich in keine Linearität und kein Updateverhalten mehr unterbringen lassen. Und ist nicht alles heute eine Frage der Nachhaltigkeit? Legen wir also los mit den Listen. Mich interessieren in Bezug auf unsere Ausgangsfrage »Was bringt mich zum Schreiben?«:

1. Was es heißt, ausreden zu dürfen, also Raum zum Reden zu erhalten;

2. mir ein Gegenüber vorzustellen, dem ich etwas erzähle, ein abstraktes Gegenüber, das der Rede erst einen sozialen Raum verschafft und mir die Möglichkeit eröffnet, überhaupt gehört zu werden;

3. die Vielsprachigkeit dieser Rede zu erkennen – ich rede niemals allein! Und wer bin ich dann eigentlich? Und

4. was hat das mit der Literatur zu tun, die ja meist Schrift und nicht gesprochenes Wort ist.[3]

Die dritte Frage vermutlich doch eher zuerst (Sie sehen, Listen sind die reinste Camouflage) – mehr oder weniger absolut egomanische Fragen, nichts ethisch besonders Herausragendes. Es ist das übliche soziale Verlangen, das vermutlich durch meine Herkunft (weiblich, salzburgisch, patriarchal) und fehlende Selbstwirksamkeitserfahrung angestoßen wurde, befeuert durch einen größeren sozialen Rahmen, in dem so einiges durcheinandergekommen ist, was die öffentliche Äußerung anbelangt. Und es ist, was den letzten Punkt angeht, wie immer: Zuerst muss man das eine (aktuelle Debatten) wegdiskutieren, um zu den anderen Fragen (der Ästhetik) zu kommen, was dann nie passieren wird.

Es ist ja eine Situation eingetreten, in der eigentlich niemand etwas zu Ende formulieren kann. Da muss man vorsorgen. Immer unterbrechen wir uns beispielsweise lange vor dem Verb, und das Verb kommt im Deutschen zum Schluss, so sagen doch die Übersetzer:innen, wenn sie einen Scherz machen wollen, oder es steht halbwegs am Schluss, und auf das Verb muss man mindestens warten, schon aus Höflichkeit, es ist das Tunwort, das Tätigkeitswort, und wie soll hier etwas in Gang kommen ohne Tätigkeitswort, und es soll ja etwas in Gang kommen, oder etwa nicht? Das wollen doch alle immer, dass endlich etwas passiert und nicht nur leeres Gerede stattfindet. Das leere Gerede verorten wir ja auch in der Politik

3 also nachzudenken über die Funktion des Rhetorischen in der Literatur.

und nicht hier, kaum taucht es auf, wollen wir das leere Gerede sofort wieder gefüllt haben, mit Handlungen gefüllt, bis oben hin gefüllt, aber dalli dalli, doch die Handlungen kommen dahin nicht zurück, sie stehen daneben und sehen mit hohlen Augen auf das Geschehen drin.

Wir haben kein gutes Gesprächsklima mehr. Es seien, habe ich eben aus einem Telefongespräch[4] mit einem SZ-Journalisten, mit einer Literaturwissenschaftlerin, mit einem Verlagslektor erfahren,[5] neue Mao-Gruppen unterwegs, neue Woke-Typen, die reborn sind als die wahre Wahrheit, Inhaberinnen des Rechts, Aufgewachte, nicht unbedingt aufgeweckt, neue Protestfiguren, die sich dem strategischen Essentialismus derart anheimgeben, dass er zu einer Art zweiten Rassismus auswächst. Aber es ist verwirrend, denn in diesen linksidentitären Positionen finden sich nicht nur die neuen Essentialist*innen, sondern auch die Vertreter:innen[6] der gefühlten Realität, des emotio-

---

4 Wir wissen seit Alexander Kluge: Autor:innen telefonieren, das ist einer ihrer Weltanschlüsse, nicht nur pandemisch bedingt.

5 Und mit einer Kollegin, einer Performerin, einem Kurator. Alle, alle reden darüber! Zumindest in unserer Blase.

6 Sie werden es vielleicht bald bemerken, ich habe hier ein grammatikalisches und orthographisches Problem. Ich habe Schwierigkeiten, sowohl mit dem Asterisk, dieses wandelnde graphische Geschlechtsausrufezeichen im Text, aber ich wende ihn immer noch an, ich habe Schwierigkeiten mit dem Binnen-I, aber ich wende es manchmal noch an, ich habe Schwierigkeiten mit ständigen Doppelnennungen, aber ich wende sie immer wieder mal an, aber es stimmt natürlich alles nicht, und doch stimmt es immer mehr. Ich brauche Ihre Phantasie! Entwickeln Sie endlich etwas! Manchmal denke ich zwar, dass diese Mittel, die Diversität herstellen sollen, Sichtbarkeit erzeugen, genau das Gegenteil bewirken, aber ich bin mir unsicher. Von Lösungen diverser Handreichungen, die eine entper-

nalen Arguments. Dazu kommt, dass beide Aspekte sich vereinnahmen lassen von rechter Seite … Ach ja, das ist kompliziert, besonders zurzeit. Höre ich da etwa eine kleine Stimme in meinem Ohr? Vielleicht ist es der Dresdener Klimaaktivist am Telefon? Er wird gleich sagen: »Meine Cousine marschiert mit Rosa Luxemburg-Plakaten auf Hygienedemos neben AFDlern.« Oder die Studentin aus dem Umweltzentrum: »Ja, mein Nachbar sagt: Wehret den Anfängen und bringt ein Sophie Scholl-Zitat.« Und ich werde antworten: »Sowas verstehe ich nicht, sowas kann ich nicht verstehen, sowas ist nicht zu verstehen und sollte auch nicht verstanden sein, denn kaum beginnt man es zu verstehen, steht man schon auf der falschen Seite.« Und damit wäre das Kapitel für mich abgeschlossen. Denn ich warte nicht auf die Antwort, ich erwarte keine Antwort, auf die Antwort diesbezüglich zu warten wäre viel zu kompliziert.

Immerhin bin ich keine, die »kleine Anfragen« startet,

---

sonalisierende und abstraktere Sprache empfehlen und Ausdrücke wie »Kulturschaffende«, »Lehrkraft« angeben, von Begriffen, die wir mit Victor Klemperer der Sprache des Nationalsozialismus zuordnen können, halte ich nicht viel. Partizipformen sind teilweise unfreiwillig komisch. Der Versuch, Personengruppen zu neutralisieren oder abstrakt auszudrücken, lässt das Agens verlieren, während der Versuch, über den Asterisken Diversität alleine über Geschlechtlichkeit hereinzuholen, in meinen Texten oft semantisch kontraproduktiv ist (interessant ist auch Nele Pollatscheks Einwand aus dem angloamerikanischen Sprachraum, dass im deutschsprachigen angenommen wird, dass durch Kennzeichnung Diversität entsteht). Ich bin mir aber bei all dem nicht sicher! Hören Sie, ich bin mir nicht sicher! Ich kann den Gedanken der Diversität, des Inkludierens nur je nach Kontext lösen, Pauschallösungen lehne ich ab, verstehe aber den Einwand, hier nicht systematisch vorzugehen. Ja, Sie haben recht!

die berühmten kleinen parlamentarischen Anfragen im deutschen Bundestag, die gar nicht so sehr auf Antworten aus sind. In den Landtagen und Bundestagen sitzen sie und fragen an und warten auf keine Antwort, sondern halten nur beschäftigt inne oder setzen mit der Frage ein Thema, das scheinbar keine Antwort mehr benötigt.

Zu fragen, um aufzuhalten, zu fragen, um in Frage zu stellen, ist eine der vielen Kommunikationsstrategien der extremen Rechten, die sich mitunter ja seit Längerem der Mittel der linken Subversion[7] bedienen und mit Antonio Gramsci im Gepäck unterwegs sind, die Stimmung zu drehen. Die Journalistinnen Katja Bauer und Maria Fiedler fassten in *Die Methode AfD*[8] diese Strategien als Dreischritt von Geländegewinn, Verzahnung und Verharmlosung zusammen. Eine Mixtur aus dramaturgischen und rhetorischen Manövern, Bildpolitik und kalkulierten ethischen Grenzüberschreitungen. Man normalisiert rechtsextremes Denken, indem man Stück für Stück Terrain erobert (in Österreich ist das seit 1986 bekannt), in die Parlamente Debatten einführt, die dort nicht hingehören, weil sie die Grundprinzipien des Rechtsstaats unterwandern, also diese bewusst diffamierend als Bühne benutzt, und so in der allgemeinen Medienerregung die Öffentlichkeit dazu zwingt, über jedes Stöckchen zu springen (na, vielleicht keine Stöckchen, sondern Prügel) und ordentlich in die Knie zu gehen. Sie kennen das! Wie mit gewisser Verve da ein Wieder-

7 also das, was mich befeuert hat – Subversion, Kritik, Infragestellung hegemonialer Strukturen und Aufklärung –, wird in den Dienst genommen.

8 auf Basis von »Selbstverharmlosung«, einem Text des rechten Publizisten Götz Kubitschek.

holungsmuster in Gang gehalten wird und uns eigentlich stets belehrt, dass ästhetische Verfahren nicht unschuldig sind, wie sie nicht einmal zurück hinter die Inhalte treten, was in einer rein inhaltsbezogenen Debattenoptik gerne übersehen wird, sondern durch Rahmensetzung, Wiederholung, Dekontextualisierung Politik gemacht wird.

– Hallo! Wo bleibt die Literatur?

– Eben, eben. Wo bleibt sie? Ich hätte gerne mehr Literatur, im Moment gibt es mehr Kontext als Text, bzw. ist es der Kontext, der den Text bestimmt und nicht umgekehrt.

Gehen wir noch einmal einen Schritt zurück: Gesellschaftlich gibt es diese Vereinbarung, sich ausreden zu lassen. Halten wir weiter fest, in der Praxis wird in nicht vielen Fällen etwas zu Ende formuliert. Dazu kommt: Jeder hört etwas anderes, als gesagt wurde. Jeder bekommt die Aussagen des anderen in die falsche Kehle. Die Dinge kommen nicht mehr richtig an und das Rechthaben übernimmt. Und nicht nur das, korrigiert Ihr mich – das Gefühlsregime übernimmt. Als der ehemalige Bundestagspräsident Wolfgang Thierse (SPD) 2021 eine fehlgehende Gegenüberstellung von Identitäts- und Solidarisierungsfragen aufbrachte, reagierten jüngere Genoss*innen mit Schambekundungen und einem Shitstorm – Scham als Kategorie der Kritik? Gefühl als Argument? Kennen wir das nicht aus dem Biedermeier, aus dem Pietismus? Leute mit angeblich wohlverdienten Gesichtern treten auf und lassen die Leute ohne wohlverdiente Gesichter auf coole Weise hinter sich. Gehören auch Sie zu den Habitusverabredeten, die sich den Unverabredeten gegenüberstellen? Befinden wir uns damit nicht längst auf dem Nebenschauplatz des Streites, über den die wahren Feinde zu lachen begonnen haben (der Schriftsteller Ulrich Peltzer würde jetzt sagen, beim BDI knallen wieder die Sektkorken) – hört Ihr ihr Lachen?

Ha! Jetzt haben Sie mich aber ertappt. Ich schwanke die längste Zeit zwischen Siezen und Duzen hin und her. Man blickt einfach nicht durch. Kenne ich Sie nun oder kenne ich Euch nicht? Habe ich ein Du-Verhältnis zu Ihnen? Sie sollten mir ja irgendwie vertraut sein und doch gleichzeitig so fremd. Gertrude Steins Motto in *The Making of Americans* lautete schließlich: »Ich schreibe für mich und Fremde.«[9] Und wer wollte die Motti von Gertrude Stein nicht unterschreiben. Sie wusste es. Sie wusste Bescheid. Aber hier in dieser Rede wird alles so verdammt konkret und mit dem Fremden ist es dann schnell vorbei, d. h. mit dem Fremden ist es heute auch nicht mehr so einfach. Abstand ist Urteil. Distanzlosigkeit gleichzeitig erwünscht und unerwünscht, »Ich bin da ganz bei Ihnen«, der populärste rhetorische Trampelpfad, der übergriffige Ton beliebt in Zeiten des Schwankens zwischen Du und Sie, das ganz allgemein als unangenehm empfunden wird, als eine ständige Grenzverletzung, eine permanent vorgeführte und ausgeführte Unsicherheit im Kontakt, die einfach nicht sein darf. Eine sprechende Unsicherheit und eine sprechende soziale Ungewissheit. Und ist diese nicht am realistischsten? Ein ordentlicher Realismus der Rede muss heute in der Anrede schwanken!

Da seid ihr also, mein Publikum, hinter digitalen Schranken versteckt, also gleich dann, wann ich zu Wort

---

9 Gertrude Stein. *The Making of Americans*, S. 7.

kommen werde, plötzlich vorhanden. Ihr zeichnet euch allerdings nicht ab, ihr seid für mich nicht wirklich vorstellbar, also mache ich mir meine Vorstellungen von Euch. Und dann schlagt ihr plötzlich eine andere Richtung ein, als von mir anvisiert, ihr seid unberechenbar, das ist gut so. Oder seid ihr doch berechenbar, durch Algorithmen und KI von einer Maschine völlig einzutakten? Seid ihr meine Blase? Wer hat euch errechnet? Wer euch programmiert? Und welche Klickvorgänge, welcher Weg der Klickversorgung führen euch zu diesem Termin heute?

Ja, wen stelle ich mir vor, wenn ich sprechen möchte. Das ist doch die Frage, die man sich heute zuallererst stellen sollte. Wie viele seid ihr eigentlich? Ich kann das ja von meiner Position aus nicht sehen. Von hier oben, nein, von hier vorne oder vielmehr hinten, aus meinem Online-Busch heraus. Während man spricht, kann man außerdem nicht gleichzeitig zählen oder man wird sich andauernd verzählen, also weiß ich nichts über eure Zahl, die sich stets ändert, die niemals stehenbleibt. Insofern ist es sinnlos zu fragen, wie viele ihr seid, die zuhören, und wie viele ihr seid, die mitlesen wollen, die hinter Schultern stehen und über Schultern äugen und mitlesen, ob das da wirklich steht, ob ich auch das Richtige vorlese und nicht das Falsche, denn es könnte ja sein, dass ich das Falsche vorlese, irgendetwas ad hoc erfinde, und hier steht dann in Wirklichkeit ein Zitat von Gilles Deleuze oder von Judith Butler, McKenzie Wark oder Donna Haraway.

Welche Fragen sind über Sie überhaupt erlaubt? Was darf ich herausfinden wollen und was nicht, z. B. gibt es ja die ganz alten Fragen. Obsolet geworden die nach Einkommensverhältnissen, nach Altersklassen, nach den

Wählerstimmen, die hier im Raum verteilt sein könnten. Natürlich ist erstmal deutlich festzustellen, wir sitzen hier nicht mehr im Salzburger Altersheim meiner Großmutter, wo sich einzig die Roten den Schwarzen gegenübersahen, eigentlich sah sich mehr die eine Rote den Schwarzen gegenüber, denn es war ein schwarzes Altersheim, das die eine Rote in ihm nur tolerierte. Wir haben uns entfernt von der Tarockpartie meiner Großmutter, bei der plötzlich die vierte Person fehlte, wie Menschen in Altersheimen eben plötzlich fehlen können, und meine Großmutter als ewige Oberösterreicherin mit dem großen Problem zurückließ, sich diese Rote, die als Einzige noch sich auf das Spiel verstand, als Vierte hinzuzubitten. Doch haben wir uns aus diesem Altersheim wirklich rausbewegt? Alle sagen ja permanent, wir sind sowas von draußen aus jedem Altersheim, sowas sagt man heute alle nasenlang, weil man niemals zu den Ewiggestrigen gehören möchte, keinen ach so winzigen Moment lang, und so eine Aussage sollte einen nervös machen.

Spreche ich deswegen so schnell? Ich spreche so schnell, als würde ich entkommen wollen, sagen Sie. Und Sie haben recht. Aber vor was bin ich auf der Flucht? Gesehen zu werden? Es nicht zu schaffen, dass alles gesagt ist, bevor die Redezeit zu Ende ist? Weil ich denke, ich werde gleich von einem Großschriftsteller, einem Besserwisser oder einer Fristsetzung unterbrochen. Da sind sie schon wieder, die zahlreichen Unterbrechungen meines Lebens. Sehr oft wurde ich unterbrochen, gerade als Frau macht man diese Erfahrung in einer gewissen Permanenz, und was daraus wohl entstanden sein muss, ist ein ziemlicher Rededruck, da bin ich immer noch ganz bei Lilian Faschinger und ihrer *neuen Scheherazade* aus dem Jahr 1986 oder bei Elfriede Jelineks Theatertexten mit dieser spezifischen Redewut ihrer Figuren,[10] die das Ausreden zum Ausreden machen. Sich auszubreiten, sozusagen ins Kraut zu schießen gelingt uns meist nur in der Schrift und das nicht als die, die wir *eigentlich* sprechen wollen, wir sprechen immer uneigentlich.

– Einen Moment! Habe ich das richtig verstanden: Die Geburt der Rede im literarischen Text entsteht durch die (spezifisch weibliche) Erfahrung, nicht ausreden zu dürfen? Darauf willst Du hinaus?

Nein. Doch. Ja.

– Das greift doch viel zu kurz.

Naja, wenn Du es genauer betrachtest. Im gesprochenen Wort kamen mir jedenfalls stets die berühmten Selbstdarsteller in die Quere. Wenn Sie mir einen Augenblick geben, werde ich jetzt meinen Bildschirm mit Ihnen teilen und Ihnen eine Liste all der Unterbrechungen präsentieren, die ich seit 1986 erlebt habe, also ab dem Zeitpunkt, an dem Jörg Haider zum Vorsitzenden der FPÖ gewählt wurde, ich in einer Salzburger Tanzschule 15 wurde und Lilian Faschingers *Die neue Scheherazade* dankenswerterweise erschienen ist. Es sind 53.784 Situationen, und es wird eine Weile dauern, diese hier alle durchzusehen …

…

Mist, das haut nicht hin …

Jetzt? Sehen Sie jetzt die Liste auf meinem Bildschirm?

---

10 die sie witzigerweise Friedrich Schiller zuschreibt. Vgl. https://www.elfriedejelinek.com/fschille.htm

Ach, klappt das noch immer nicht? Sie sehen was ganz anderes? Da wurden mir wohl wieder die Gastgeberrechte entzogen, das geht schnell, kaum dreht man sich um, ist man bar jeder Moderatorenrechte und steht da ohne Teilungsmöglichkeit – oder die Technik spinnt, macht ihr eigenes Ding.

…

Nein, ich rede so schnell, weil ich Angst habe. Ich spreche so schnell, weil ich mich herausreden muss. Und wie jeder, d. h. vor allem jede, die sich aufs Sich-Herausreden versteht, verstehe auch ich mich – da hat der Kultur- und Literaturwissenschaftler Fritz Breithaupt mit seiner *Kultur der Ausrede* recht – sehr gut auf die Selbstanklage. Ich nehme jede mögliche Anklage vorweg, die mich treffen könnte, bin immer darüber orientiert, was man mir alles vorwerfen könnte. Die vielen »Formen der (Selbst-)Anklage«[11] kann ich durchdeklinieren. Aber natürlich bin ich weit von der Figur aus Doron Rabinovicis Roman *Suche nach M.*, die zwanghaft stets alle Schuld auf sich nimmt und so Furcht und Schrecken verbreitet, weil es nichts Furchteinflößenderes gibt, als jemanden, der alle Schuld auf sich nimmt. Es mag aber manchmal einfacher sein, die Schuld auf sich zu nehmen, als die Anklage zu führen. Nicht nur, weil sie die Beweislast trägt, sondern weil es psychisch schlimmer wäre, sich einzugestehen, was einem selbst angetan wurde. Bezüglich der Schuld- oder Verantwortungsfrage finden wir auch auf einer Alltagsebene immer mehr Disbalancen. So steht der fehlenden Selbstwirksamkeit dieser Tage die merkwürdige Größenphanta-

11 Fritz Breithaupt. *Kultur der Ausrede*, S. 141.

sie gegenüber: Klimakrise, Massensterben der Arten, Ressourcenschwund – ich bin schuld. Das ist wahr und falsch zugleich. Ich kann zwar nichts machen, aber ich trage die Schuld. Ein unerhörter Bremsvorgang. (Vielleicht dem geschuldet, dass es einfacher ist, moralische Reden auf sich selbst zu beziehen, als politische Forderungen zu stellen?)

Ich rede so schnell, weil ich mich verdünnisieren will, im Prinzip. Da ist kein Atemholen mehr möglich. Weder für Sie noch für mich. Ich möchte verschwinden aus diesem Raum, in dem wir uns geeinigt haben, dass es da einige Probleme zu lösen gilt. Das ist ja längst nicht mehr der Onlinewarteraum, in dem ich mich eben noch aufgehalten habe, das ist die wirkliche Wirklichkeit, das Hier und Jetzt. Vielleicht aber – ich muss mich an dieser Stelle unterbrechen – ist es auch nur der Sekundärmarkt für SchriftstellerInnen, den Robert Menasse vor einiger Zeit erwähnt hat, der mich von meinem eigentlichen Schreiben abhält,[12] könnte ja sein. Eigentliches Schreiben, das

12 Ich habe mich unterbrechen lassen. Mehrmals. Zuerst von den VerlagsmitarbeiterInnen, die behaupten, es käme jetzt das coronageschädigte Frühjahr und ich bräuchte nicht im coronageschädigten Frühjahr erscheinen, dann kam der coronageschädigte Herbst und dann das Finanzamt. Oder es kam noch nicht, aber eine Vorwarnung kam. Aber es ist bitteschön nicht das ungarische Finanzamt, das besonders bei obstruktiven Kräften nach Unregelmäßigkeiten in der Abrechnung sucht. Ein beliebter Trick. Die osteuropäischen Steuerniederlagen häufen sich, wie sich die ganz einfach eingeknasteten Regimegegner häufen. Aber was rede ich – mit diesen Problemen habe ich nicht zu kämpfen! Bei uns sind es die heute üblichen Unterbrechungen. Ich wurde lediglich unterbrochen von den Aufträgen, die reinkommen, den Möglichkeiten, Geld zu verdienen. Der Gedanke an das Geld lässt einen nicht los, wenn man 28 Jahre Selbstständigkeit am Buckel hat, das formt den Menschen.

sind sie, die Romane, die großen Bühnenstücke, uneigentliches Schreiben, das sind sie, die Twittertexte, Blogs, Poetikvorlesungen, Anthologiebeiträge, Gemeinschaftsarbeiten – Sie wissen schon. Sind Sie deswegen auch gleich Sekundärzuhörer*innen? Vielleicht aber brauche ich wie eine dieser Thomas Bernhard-Figuren die Fiktion einer eigentlichen Arbeit, einer großen Studie, eines großen Projekts, um meine in Wirklichkeit interessanten kleinen Nebenarbeiten zu schreiben? Wer kann das auseinanderhalten? Der Markt! Der Markt!

Jetzt spreche ich sogar noch schneller, haben Sie das bemerkt? Der Markt beschleunigt eben. Wegen ihm wird man zur Akzelerationistin. Zum Selbstüberholungsmanöver mit vorauskalkuliertem Verkehrsunfall. Unter den Schnellsprechern bin ich allerdings noch vergleichsweise harmlos. Unvergessen ist mir diese Lesung im Salzburger Toi-Haus im Jahr 1987, als Richard Reichensperger[13] all seine damaligen Gedichte vorlas, in fünf Minuten vorlas, weil er so schnell war. Er wollte sich von der Bühne, so schien es mir, am liebsten verdünnisieren. Und vielleicht ist alle Rede, die ich führe, tatsächlich ebenfalls nichts als der Versuch, mich zu verdünnisieren. Vor meinen eigenen Ansprüchen, die Wahrheit zu sagen, und doch nur »Eine der eigenen Lügenhaftigkeit angemessene Rhetorik«[14] zu finden, wie es der schon erwähnte russische Literaturwissenschaftler Michail Bachtin 1943 so schön formuliert hat.

---

13 Ja, Richard Reichensperger war nicht nur Literaturwissenschaftler, Kritiker und Herausgeber von Ilse Aichinger, sondern schrieb selbst Gedichte.

14 gefunden bei Sylvia Sasse. *Michail Bachtin*, S. 39.

Aber vielleicht bin das gar nicht ich, die so schnell spricht, sondern es sind die Wörter, die so schnell aus mir rauskommen wollen? Sie gehören mir ja auch nicht immer – ja ist es überhaupt ein Eigentumsverhältnis, das die Beziehung zwischen mir und meinen Wörtern richtig beschreiben lässt? Ich verstehe sie ja nicht einmal. Sie sind mir halbfremd, wie Bachtin das ausdrückt, man nehme sich die Wörter immer aus fremden Kontexten und mache sie zu eigen. Aber bleiben sie dort, in meinen Kontexten? Bachtins Vorstellung von der grundsätzlichen Dialogizität der Sprache und der Worte verneint das. Wir verstehen aktiv weniger, als wir glauben. Wir sind mehr Falschversteher als Richtigversteher. Und dabei wäre auch ich so gerne kompetent. Also ich würde meine Sprache wirklich gerne *können*, so komplett, aber das geht ja nicht. Nein, die Sprache gehört mir nicht. Und was ist mit den Figuren? Gehören die wenigstens mir? Bei Michail Bachtin finde ich den schönen Begriff »Außerhalbbefindlichkeit«[15], den er verwendet, um das Verhältnis von Autorin und Figur zu beschreiben. Die Autorin befinde sich außerhalb ihrer Figur. Was macht sie da draußen, fragen Sie sich? Klingelt sie manchmal an? Hüpft sie vor den inneren Fenstern der Figur manchmal Wolf-Haas-artig auf und ab? Was würde sie allerdings drinnen machen?

Mein nächstes Problem ist jedoch, dass ich nicht einmal jetzt, hier vor Ihnen, *eine* Person bin. In dem Moment, wo es heißt »Poetikvorlesung«, reden da andere

---

15 In Sylvia Sasses Einführungsbuch zu Bachtin gibt es ein ganzes Kapitel zur Außerhalbbefindlichkeit. Dieser Begriff dekliniert sich durch sein ganzes Werk. Vgl. S. 36 ff.

mit. In mir sind viele versteckt, dabei wäre ich auch gerne einmal einsprachig. Einsprachig sind immer nur die anderen. Das Buch von Jacques Derrida mit dem schön vorwurfsvoll klingenden Titel *Die Einsprachigkeit des Anderen*[16] beginnt deswegen fast trotzig: »Ich habe nur eine Sprache, und die ist nicht die meinige«.[17] Der Philosoph geht von der Situation des Französischen im Maghreb aus, er wuchs ja in Algerien auf, also in einer permanenten Zweisprachigkeit, in der er selbst allerdings als rein Frankophoner lebte. Das habe ihn fremd gemacht und ihn gleichzeitig »am Rand« seiner Sprache entlangbewegen lassen. Es ist ein Buch, das über Muttersprache, Sprachbeherrschung, Domestizierung und Übersetzung nachdenkt und sich durch einen für Derrida bemerkenswert dialogischen Gestus auszeichnet, dem maghrebinischen Autor Abdelkébir Khatibi zugeneigt. Zu seinem Beginn finden wir die bemerkenswert widersprüchliche Aussage: »1. Man spricht immer nur eine einzige Sprache. 2. Man spricht niemals eine einzige Sprache.«[18] Die einzige Sprache bleibe niemals nur bei sich, es gibt, in Derridas Worten kein reines Idiom. Mich interessierte sofort diese Machtfrage, die er aufstellt und die Imagination der Einsprachigkeit der anderen. Ist es nicht diese Zuschreibung, die wir permanent treffen? Die Fiktion einer Geschlossenheit, die in der Einsprachigkeit der Mächtigen liegen könnte. Die anderen sind immer einsprachiger als ich. Das ist natürlich absurd, könnte man

16 Dieses Buch ist mir in der Lektüre von Olga Grjasnowas *Die Macht der Mehrsprachigkeit* wieder begegnet.

17 Jacques Derrida. *Die Einsprachigkeit des Anderen*, S. 11.

18 Jacques Derrida, S. 19.

sagen, schließlich lebte ich nicht in einer permanenten konkreten Zweisprachigkeit. Der karibische Schriftsteller und Theoretiker der Kreolisierung Édouard Glissant würde jetzt in seiner Poetik der Beziehung sagen, darum geht es überhaupt nicht, Polyglossie beruht niemals nur auf der Ausübung von zwei oder drei Sprachen, sondern auf dem Bewusstsein der Koexistenz aller Sprachen auf dem Globus.

Aber meist wird Einsprachigkeit ohnehin mit Einstimmigkeit verwechselt, und auch ich wäre zugegebenermaßen gerne mal so richtig einstimmig, nicht ständig im Disput, sodass ich ambivalent erscheine, voller Irrtümer und Widersprüchlichkeiten. Im Moment haben neben Jacques Derrida und Édouard Glissant nämlich schon Gilles Deleuze und Félix Guattari losgesprochen:

»Wir haben den Anti-Ödipus zu zweit geschrieben. Da jeder von uns mehrere war, ergab das schon eine ganze Menge. Wir haben alles verwendet, was uns begegnet ist, das Nächstliegende und das Entfernteste. Wir haben raffinierte Pseudonyme verteilt, um Unkenntlichkeit zu erzeugen. Warum wir unsere Namen beibehalten haben? Aus Gewohnheit, aus bloßer Gewohnheit. Um auch uns selbst unkenntlich zu machen. Nicht um uns selber zu verbergen, sondern das, was uns handeln, fühlen oder denken läßt.«[19]

Auch Michail Bachtin hat erneut begonnen, sich zu äußern, jener schon erwähnte Philosoph und Literaturwissenschaftler aus der Mitte eines 20. Jahrhunderts, das keine Mitte hat. Er könnte nicht weiter von mir weg sein

---

19 Gilles Deleuze und Félix Guattari. *Tausend Plateaus*, S. 12.

mit seinem Leben voller Krankheit und Verbannung in irgendwelchen russischen und kasachischen Provinzstädten, als Lehrer im Stalinismus, im Krieg und doch mit einem korrespondierenden Netzwerk, das man später den »Bachtin-Kreis« nennen wird. Er könnte nicht weiter weg sein mit seiner ungeklärten Beziehung zu den russischen Formalisten, den Surrealisten und der literarischen Avantgarde seiner Zeit. Und das ist immer wieder ein Wunder, dass die Gedanken sich fortpflanzen können quer durch die Jahrhunderte und unbehelligt von ihrem Entstehungskontext eine Gegenwärtigkeit zu erzeugen vermögen. Hier taucht aus der Mitte eines sowjetischen Jahrhunderts eine rhizomatische Wurzel eines postkolonialen antihegemonialen Denkens auf, das uns heute beschäftigt, und das aus dem Herzen der Literatur. Der Theoretiker der Karnevalisierung und des Chronotopos entwarf nämlich das ästhetische Konzept der Dialogizität, das nicht mit Hybridität zu verwechseln ist, ein Begriff, den er zwar ebenfalls in seinem Werk *Das Wort im Roman* von 1934/35 eingeführt hat und der später auch tatsächlich von Homi K. Bhabha aufgegriffen wurde. Bachtin allerdings war Dialogizität wichtiger als die Amalgamierung der Positionen, wichtiger das Gespräch, allerdings nicht als reines Stilprinzip, sondern als Konstruktionsprinzip. Es ging ihm um ein grundsätzliches Verständnis der literarischen Sprache, und zwar nicht nur jene notwendige innere Mehrgleisigkeit der Figuren, sondern Vielstimmigkeit als sprachliches Grundprinzip des modernen Romans.[20]

20 Mal andersherum formuliert: Die konkrete Mehrsprachigkeit war für mich immer interessant. Z. B. aus der Theorie kommen derweil andere, tatsächlich kollaborative Formen des Schreibens. Modelle

– Du bist ganz schön aufgedreht.

Richtig! Schau doch, was Édouard Glissant weiter über die Kreolisierung der Sprache schreibt, die einen bestimmten Stil, eine Poetik hervorbringt, die sich mit der Abschweifung und gleichzeitiger Anhäufung auszeichnet, »der Satz und die Periode sind barock, es gibt Ausbuchtungen in der Rede, bei denen das Eingeschobene wie ein natürliches Atemholen wirkt, dazu eine kreisende Erzählweise und die unermüdliche Wiederholung des Motivs.«[21] Was finden wir bei ihm über das Denken der Spur, das Archipelagische? Was formulieren Fred Moten und Stefano Harney von den Undercommons? Kann ich das in Teilen für mich beanspruchen? Als weiße bürgerliche Frau schließe ich an diese Frage an, die viele junge Autorinnen, immer sind es weibliche, stellen: »Darf ich mich überhaupt äußern oder soll ich die Bühne einer PoC-Person übergeben, am besten keine Cis-Person? Ich, die ich seit Generationen habe sprechen können, obwohl nichts von mir seit Generationen hat wirklich sprechen können.« Sie haben die Diskussion um die Übersetzung des Gedichts von Amanda Gorman wahrgenommen und denken, es gehe nur noch darum, wer welche Hautfarbe hat, in einer Welt, in der es viel zu sehr um Hautfarben geht. Diese Frage flitscht zwischen strategischem Essentialismus, Konstruktionsgedanken hin und her, wie das der Dramaturg Bernd Stegemann gerade eben in seiner Pub-

---

wie Alexander Kluge und Oskar Negt, Félix Guattari und Gilles Deleuze, Ève Chiapello und Luc Boltanski, oder Georg Seeßlen und Christian Metz. Sie schreiben zu zweit. Sie verfügen über Binnenkonzepte des Ausredens. Sie haben keine Angst vor Unterbrechung.

21 Édouard Glissant. *Kultur und Identität*, S. 33.

likation *Die Öffentlichkeit und ihre Feinde* wieder nachgezeichnet hat … DOCH NICHT DIE FRAGESTELLUNG SPALTET DIE GESELLSCHAFT, SONDERN DER RASSISMUS TUT DIES.

– Nochmal: Du bist ganz schön aufgedreht.

Sagtest du schon. Und warum auch nicht? Schließlich soll ich mich erklären, etwas, das Schriftstellerinnen eigentlich verboten gehört (wie William Faulkner, Jean-Luc Godard und Roland Barthes stets im Chor deutlich machen). Denkt an Mark Twains Warnung zu Beginn von *Huckleberry Finn*: »Wer versucht, in dieser Erzählung ein Motiv zu finden, wird gerichtlich verfolgt; wer versucht, eine Moral darin zu finden, wird des Landes verwiesen; wer versucht, eine schlüssige Handlung darin zu finden, wird erschossen. Auf Befehl des Autors, durch G. G., Chef der Artillerie.«[22]

– Immer gerne von Dir zitiert, nicht?

– Warum auch nicht? Ich dachte, Du bist mit im Boot.

– Im Boot? Was für eine Metapher!

Ja. Nein. Doch.

Was wollte ich eigentlich sagen? Eben wusste ich es noch, und jetzt fällt es mir nicht ein, ich wollte erzählen, wie diese Vielstimmigkeit, diese Dialogizität und Hybridität funktionieren und was das mit Medialität zu tun hat und insofern auch mit der Mündlichkeit in der Schrift. Ich wollte von dem Schriftsteller Hubert Fichte erzählen, von Arno Schmidt und von Alexander Kluge – alte weiße Männer, im fasttoten Bereich zu Hause oder schon einen Schritt weiter, jedenfalls nicht jung. Nicht

---

22 Mark Twain. *Tom Sawyer und Huckleberry Finn*, S. 261.

der neue heiße Scheiß, auf den alle Theaterdramaturgen nie[23] aus sind.

– Du verlierst Dich …

Ich wollte mit Wenedikt Jerofejews *Reise nach Petuschki* beginnen, die immer hilft, wenn mir nichts einfällt. Aber mir fällt was ein: Z. B. das Dreigestirn Elfriede Jelinek, Gertrude Stein und Shumona Sinha – und Lilian Faschinger. Ja, was ist eigentlich mit Lilian Faschinger, *Die neue Scheherazade* und *Magdalena Sünderin* – das waren österreichische Erweckungserlebnisse des Endlich-Sprechen-Könnens. Des Fesselns von patriarchalen Obrigkeiten, von Kirchenmenschen, um endlich zu Wort zu kommen. Immer noch ein guter Vorschlag. Aber in der *neuen Scheherazade* findet sich auch der Zwang, andauernd weitersprechen zu müssen, um zu überleben: »Nicht aufhören zu reden. Die Artikulationsorgane – Stimmbänder, Zunge, Lippen – in Bewegung halten – Laute bilden. Es geht um Kopf und Kragen.«[24] So beginnt der Roman, der das Einbringen von Genre-Momenten, dem Krimi beispielsweise in die Hochkultur, vollführt und zwar aus feministischer Perspektive. 1986. Ja, das waren sie, die Achtziger des letzten Jahrhunderts, das waren sie, die Neunziger! Appropriation Art oder Exploitation, würde man heute vielleicht sagen, denn wie kommt sie sonst zu einer austropersischen Identität einer Figur? Die hat sie doch gestohlen!

Viel hat sich im Diskurs verändert seit damals, aber im Realen leider nicht allzu viel, man soll sich nicht täuschen.

---

23 Einmal wenigstens möchte ich es hier und genau hier an dieser Stelle mit Ann Cottens »polnischen Gendern« versuchen, das sie in »Lyophilia« entwickelt hat, das auch Monika Rinck aufgegriffen hat.

24 Lilian Faschinger. *Die neue Scheherazade*, S. 7.

– Habe ich das richtig verstanden: Schon wieder die spezifisch weibliche Erfahrung, nicht ausreden zu dürfen?

– Frauen werden unterbrochen, Männer unterbrechen sich bestenfalls selbst.

– Dass ich nicht lache!

Ja, nehmen wir einmal Thomas Bernhard. Der hat nun wirklich jede Menge Selbstunterbrechungen inszeniert,[25] wir finden bei ihm Redeaufschübe, fiktive Schriften, die nie beendet werden können, in praktisch all seinen Erzählungen und Romanen, ständig wird der potentielle Redefluss seiner Figuren von anderen unterbrochen, eine reine Selbstunterbrechungsnummer. Immer ist da jemand, der gerade etwas sagen wollte, der gerade etwas denken wollte, und es nicht kann, weil ihn jemand unterbricht, oder es spricht jemand, der das Erzähler-Ich nicht zu Wort kommen lässt, eine dämonische Figur, die selbst keine Unterbrechung duldet und sich durchzusetzen weiß. Jemand mit ordentlichem Rededruck und keinem unordentlichen. Jemand, der überhaupt noch als Charakter erscheinen kann, auch wenn es ein fürchterlicher Charakter ist. Nichts schrecklicher, so scheint es in diversen Büchern von Thomas Bernhard, als diesen Charakteren zuhören zu müssen, aber was rede ich da, Elfriede Jelinek hat das ja schon alles gesagt, und vermutlich viel besser gesagt, wenn man sowas überhaupt

25 Oder soll ich hier erstmal von den legendären Unterbrechungen des legendären Schauspielers Klaus Kinski anfangen, der diese in ein imaginäres Publikum delegiert hat. Das Publikum brauchte er als fiktiven Störraum. Der klappernde Autoschlüssel des Journalisten im Burgtheater, die fiktiven Zwischenrufe in Talkshowsendungen, all das diente nur dazu, eine Selbstunterbrechung zu ermöglichen und sich in die ihm eigene Rage zu reden.

besser sagen kann. Z. B. in ihrem Text über das Schweigen. In den meisten ihrer Stücke ist die Unterbrechung schon so tief eingewoben, dass man gar nicht sagen kann, wo jemand anderes übernommen hat oder was da unternommen wurde, welch dämonisches Prinzip da arbeitet. Und was sich da alles äußern kann! Steine, Tote, Gegenstände, die nicht bei Trost sind. Nichts ist bei Trost bei Elfriede Jelinek, das wäre ja gelacht. Warum gerade in Österreich seit Karl Kraus die Rede als Problem und Aufgabenstellung im Text hockt und nicht rauskommt aus ihm? In Nationalstaatlichkeiten wollte ich hier aber eigentlich nicht ausbrechen, Sie wissen, das erzeugt nur Rückkopplungen, und bei Rückkopplungen hört man sich am Ende selbst reden, was, wie jeder weiß, für Redner*innen äußerst ungünstig ist.

Sich beim Sprechen reden zu hören, verheißt, um bei Thomas Bernhard zu bleiben, Unheimliches. Ist schon das normale Zuhören keine Kunst, die gelehrt wird, so ist das Sich-selbst-Zuhören nur ein Fehler, der einen von der Sache, die es zu sagen gibt, entfernt. »Stellen Sie sich vor« schreibt Gertrude Stein in ihren poetologischen Vorlesungen *Erzählen*, »wie nicht einer mehr zuhört wenn einer etwas erzählt und Sie wissen alles über diese Sache.«[26] Aber ein wenig später fügt sie auch hinzu: »Es ist außerordentlich wie wenige und wie viele Möglichkeiten es gibt irgendetwas zu erzählen hören Sie sich selbst zu und Sie werden etwas von allem darüber wissen und wie wenige und doch wie außerordentlich vielfältige Möglichkeiten des Zuhörens es gibt oder des Zuhörens müde zu werden.«[27]

---

26 Gertrude Stein. *Erzählen*, S. 58.

27 Gertrude Stein, S. 62.

Sprechen wir also zum Schluss übers Hören. Das Gehör ist diskurstechnisch gesehen unterbelichtet, es ist das, was Räumlichkeit, Umgebung herstellt, Kontext. Und es geht nach außen und innen gleichzeitig. Der Philosoph Jean-Luc Nancy machte in seinem Buch *Zum Gehör* die fehlende Reziprozität von Sehen und Hören deutlich, denn das Hören ist immer auch nach innen gerichtet. Es ist ein Vorgang, in dem ich mich selbst beim Wahrnehmen wahrnehme. Vollzogen von einem Resonanzorgan. Das Hören kann zudem von vorne nach hinten springen. Das Lautstarke wird nicht unbedingt mehr gehört als das Leise. Wer Kinder hat, weiß das. Flüstern erzeugt eine größere Aufmerksamkeit als Brüllen. Jene eben beschriebene Zweigleisigkeit, die entsteht, wenn man sich beim Reden selbst hört, noch dazu vor einer großen Gruppe, bedeutet einen Verlust an Integrität und Selbstwirksamkeitsgefühl.

Für die Literatur ist diese Zweispurigkeit interessant. Wie beschreibt man dieses System des inszenierten Hörens? Immer mit einer Alter Ego-Figur? Wie markiert man die Aufmerksamkeitsstadien, die kleinen Abwesenheiten, die entstehen, das Abdriften? Fernando Pessoa hat das in *Ein anarchistischer Bankier* unternommen, logischerweise wird dem Gastgeber auch kaum Äußerungsraum zugestanden, die titelgebende Figur spricht fast durchgehend. Aber er weiß, wie Thomas Bernhard, wo der Ausredende nun wirklich ein Gegenüber braucht, einen Stichwortgeber, und wann dieser zu fehlen beginnt. Die Frage, was ein Gespräch in Gang hält, das in Wirklichkeit ein Monolog ist, verbindet sich heute nur zu gerne mit der Frage nach dem Anspruch, den Redefluss zu lenken, ohne, dass es das Gegenüber merkt. Sie hat literaturfern Karriere gemacht. Zumindest bin ich ihr bei meiner Recherche zu den Unternehmensberatungen begegnet. Die Consultants haben mir die Logik des Zuhörens, um zu lenken, nähergebracht. Macht versteckt sich heute genau in diesen Verästelungen des vermeintlichen Zuhörens, des technischen und untechnischen Zuhörens, des Regulierens des Redeflusses anderer. Die sichtbare Rede kommt von vorne, die Stichworte aus dem Hintergrund. Den Menschen das Gefühl zu geben, sie seien selbst auf diese oder jene Idee gekommen, ist schon seit Shakespeare eine wunderbare Intrigentaktik.

Thomas Bernhard hat in seinen Texten ein wahrliches System des Referierens, Nicht-Zuhörens, den Andern-etwas-sagen-Lassendes, Provozierendes gebaut. Lese ich die Gemengelage der Reden, die uns von dem Erzähler in *Gehen* vorgeführt werden, Aussagen Oehlers und Karrers, die von der erzählenden Figur referiert werden, die ihrerseits andere zitieren, stellt sich ein quasi geometrischer Raum der Rede her, der immer gerade zeitversetzt funktioniert, d. h. mit Zeitversetzungen arbeitet. Es ist eine Zeitstruktur, die ich selbst oft genutzt habe, eine Möglichkeit der Literatur, einen kleinen Gewinn einzustreifen, die Lücke in die Massivität des Gegenwärtigen einzuführen, durch die die Vorstellungskraft Eintritt erhält.

– Man kann niemanden verklagen, weil er nicht zuhört.

– Bitte?

– Zuhören ist nicht einklagbar.

Zum Gericht kommen wir später. Noch sind wir bei

der Frage, wer überhaupt spricht und wer zuhört bei Thomas Bernhard. Denn daran schließt sich die Frage, wer wird bei ihm gehört? Die Bergleute aus der *Auslöschung* sicher nicht. Warum das so ist, könnte immer noch Gayatri Chakravorty Spivak erklären, die vor zwanzig Jahren schon gefragt hat *Can the Subaltern Speak?*. Wie kann das Prekariat zu Wort kommen, würde man das heute etwas salopp formulieren. Denn es in einem Text sprechen zu lassen, bedeutet noch lange nicht, dass es wirklich zu Wort kommt. Veranschaulicht wird das in dem Vorwort zur deutschsprachigen Publikation von Spivaks Buch mit einer Szene aus dem Godard-Film *Tout va bien*. Wir sehen anlässlich der Besetzung einer Wurstfabrik Jane Fonda Fabriksarbeiterinnen interviewen, hören aber nicht diese sprechen, sondern die gedubbte Stimme einer Arbeiterin, einen inneren Monolog, in dem die Szene kommentiert wird. Wir erfahren, dass wir nur Klischees hören würden, gleich, was gesagt wird. Das, was man sich über Arbeiterinnen schon zurechtgelegt hat. »Die ArbeiterInnen selbst sprechen zu lassen oder sie an der Produktion des Films zu beteiligen, bedeutet keineswegs, sie auch wirklich zu Wort kommen zu lassen.«[28] Es würden nur angeblich die Arbeiterinnen selbst sprechen, aber wiederum ist nichts zu hören. »Auch wenn diese Frauen also redeten, konnten sie sich kein Gehör verschaffen.«[29] Denn der Kontext bringt sie zum Schweigen. Wie schnell gerät man auch als Schriftstellerin zu einer Art falschem Bauchrednertum, wie Spivak Gilles Deleuze oder Michel

---

28 Hito Steyerl schrieb dies im Vorwort zu Spivaks *Can the Subaltern Speak?*, S. 8.

29 Hito Steyerl, S. 12.

Foucault unterstellt, die behauptet haben, andere zum Sprechen zu bringen.

Das, was bleibt, ist einzig die Falschübersetzung der Mächtigen, so sehe ich das zumindest. Das sagte mir mein Instinkt in all den Recherchen, die ich unternommen habe. Es gibt nichts Vergnüglicheres, als in die Übersetzungsleistung der mächtigen oder sich mächtig fühlenden Sprecher*innen etwas hineinzuschmuggeln, ohne dass deren Realismus bricht. Sie so zu übersetzen, dass der Zwang, die Herrschaft, die in ihnen liegt, hervorspringt, dass die Zuhören-Müssenden mitübersetzt werden. Sagen wir, es ist eine Zwischenlösung, die natürlich ihre Grenzen hat. Grenzen des Verstehens, Grenzen der Neusetzung, Verringerung eines utopischen Potentials. So kann ich nicht deutlich werden, ich kann nur unverständlich bleiben im Vergleich zu denen, die wirklich berichten vom Kampf gegen das Elend, gegen die verborgenen Verbrechen, also dem, was sich selbst den Mächtigen entzieht, weil sie es outgesourct haben. Aber auch ihrer Erzählung entzieht sich etwas, wie Spivak sagen würde. Man ruht sich am besten in seiner Position nicht aus, die Kommunikationssituation bleibt gespalten.[30]

Aber heute nicht. Heute wartet da schon Denis. Denis möchte auch etwas sagen. Er möchte Tinder verklagen, weil er sich dort mit seinem gefühlten Alter anmelden wollte und nicht mit seinem echten. Sein gefühltes Alter ist eben 45 und nicht 65 wie sein echtes. Was soll man da machen, soll man dem Mann, der sicher nicht Denis heißt, sein Recht auf eine selbstdefinierte Biologie absprechen?

---

30 Vgl. Stephan Lessenichs Buch *Neben uns die Sintflut.*

– Aber nein!

Aber ja!

– Zum Gericht kommen wir später.

Das Gericht und die Sehnsucht nach dem Gericht, das sind zwei Paar Schuhe.

– Zum Gericht kommen wir später.

Na klar, um zum Gericht zu kommen, müssen wir erst folgende Punkte abarbeiten: Erstens »die Unterbrechung«, zweitens »das Schweigen in dem Ausrederaum«, das Schweigen hinter den Worten – also drittens »die Zeugenschaft und ihre Ausrede«.

– Das sind Umwege

Man kommt immer nur über Umwege zum Gericht, das wusste schon Franz Kafka.

– Der wusste aber auch, das Gericht ist überall.

Was ist mit Ihnen? Schreiben Sie uns Ihre Position. Fanden Sie diesen Vortrag hilfreich? ja/nein. Werden Sie der Autorin morgen nochmal eine Chance geben? ja/nein. Glauben Sie, dass die in untenstehendem Meinungsbarometer wiedergegebene Stimmung aussagekräftig ist? ja/nein. Dass Meinungsbarometer die nächsten 10 Jahre überleben werden? ja/nein. Dass Meinungsbarometer einen eigenen CO_2-Abdruck haben? ja/nein. Dass Meinungsbarometer insofern hohe gesellschaftliche Kosten verursachen? ja/nein. ja/

nein. ja/nein. ja/nein. ja/nein. ja/nein. ja/nein. ja/nein. ja/nein. ja/nein. ja/nein. ja/nein.[31]

»Sie werden vielleicht sagen nein und ja vielleicht ja.«[32]

31 Glauben Sie, Sie können hier untätig herumsitzen? Machen Sie doch erst einmal Ihre eigenen Listen, Sie Zuhörerschaft, Sie! Schreiben Sie einmal auf, wer Sie in den letzten beiden Tagen unterbrochen hat und warum. Schreiben Sie, wer Sie zum Schweigen gebracht hat. Machen Sie eine Liste der wichtigsten Unterbrechungen Ihres Lebens! Und dann sehen wir weiter.

32 Gertrude Stein. *Erzählen*, S. 56.

Die Ausrede

Und jetzt?

Jetzt ist das passiert.

Was kann ich schon dafür? Sie glauben doch nicht, ich würde mich aus der Verantwortung stehlen? Mich so einfach herausschleichen? Na klar, Sie nehmen jetzt an, ich würde so tun, als ob nichts gewesen wäre und meine Beteiligung leugnen, mein Beisein bestreiten. Der Sachverhalt ist ein anderer, als Sie sich denken, nein, ich stelle mich voll meiner Verantwortung, aber nur der, die ich tatsächlich habe und nicht der von Ihnen fantasierten. Da muss man mal ein paar Kontexte erhellen, die Sie noch nicht auf dem Schirm haben.

Bitte?

Man kann ja die Sache schlicht auch ganz anders nennen, in ein anderes Licht rücken. Selbstverteidigung z. B., oder einen Notfall, eine Überraschung.

Nein?

Sicher, wer wollte das nicht anderen in die Schuhe schieben, jemandem wie mir das unterjubeln, wo ich doch keine Ahnung von der Sache hatte. Man hat mich ganz bewusst im Dunkeln tappen lassen, ich habe ja gar nicht ahnen können, was das auslösen würde! Außerdem wissen Sie sehr wohl genau, *wer* mich nicht ausreichend in Kenntnis gesetzt hat, tun Sie nicht so unschuldig! Aber das wäre auch unbequem, da müsste man sich ja noch ganz andere Fragen stellen, und das wollen Sie nicht, oder?

– Ich verstehe nicht ganz, was sagt sie?

Sowas wie: »Ich habe nicht aufgepasst. Da waren die Kinder. Und mein Lebensunterhalt. Ich hatte beide Hände voll zu tun, kaum geschlafen. Sowas macht man schon mal aus purer Erschöpfung. Es ist ja auch komplex. Man blickt da nicht durch, also wer mit wem. Und dann hört man immer nur gegenläufige Positionen. Nicht einfach zu sagen, wer jetzt recht hatte.«

– Echt, das traut sie sich?

– Das ist nichts gegen ihn.

Was kann er schon machen? Mit dem Ganzen hat er doch nichts zu tun. Mit einem Teil vielleicht. Er war ja gar nicht richtig dabei gewesen. Außerdem hat er es nicht verstanden. Er hat es auch gar nicht genau verstehen können, wenn man mal richtig überlegt. Und überlegt hier jemand richtig? Nein, hier sind alle nur voreingenommen, weil sie ihrer Künstlerblase angehören, weil sie nicht einen Zentimeter über den eigenen, feinen Tellerrand schauen. Er aber musste seit jeher im Kontext von Gewalt leben, da passieren doch noch ganz andere Sachen. Da war es leicht, so jemanden wie ihn zu benutzen.

– Also ich habe da etwas ganz anderes gehört. Hat er nicht vielmehr über seine Zeit beim Militär gesprochen? Und wie er für den Geheimdienst abgeworben wurde. Und wie er alles damals nur durch diese eine Brille habe sehen können.

– Der Staat hat ihn verführt … Blablabla … Jetzt kommen Sie gleich mit dem Osten. Die ganze Ost-Leier rauf und runter …

– Entschuldigung – ich muss doch sehr bitten!

Finde ich mich etwa gerade an einem Geburtsort der Ausrede wieder?

– Das wäre das Gericht.

Oder die Schule, die Anstalt, die Sparkasse, das Assessment-Center, die Büroetage im 13. Stock. Das ist auch die Wand in jener Wohnung, vor der sich die beiden Kontrahenten, das Liebespaar, Mutter und Tochter abwechselnd wiederfinden. Der Ort, wo immer gleichzeitig keine Ausreden geduldet werden und zu viele stattfinden.

– Keine Sorge, wir sind im Gericht. Kommen Sie erst einmal hier rein! Ja, hier durch die Glastür am Polizisten vorbei, gehen Sie durch den Gang zur Warteschlange und geben nach dem Security-Check Ihre Taschen ab. Da hinten, sehen Sie, bei diesem flughafenartigen Screeningband. Ins Gericht darf man nichts reinnehmen, kein unnötiger Ballast, keine heimlichen Fotoapparate, keine Aufnahmegeräte, Handys.

– Hier drinnen hören wir denen zu, die sich rausreden wollen. Und das tun wir mit den eigenen Ohren und nicht irgendwelchen ausgelagerten.

Es ist aber ein stilisiertes Gericht, denn im richtigen Gericht würde man nur Rede und Antwort stehen zu konkreten Sachverhalten, entlang einer choreographierten Fragenkaskade, die in penibel festgelegter und erstrittener Reihenfolge von Richterposition, Staatsanwaltschaft, Verteidigung und Nebenklage herkommt. Die Ausreden im realen Gericht sind dünner, sie wirken oft standardisiert, sie sind eher ein Ausweichen als ein Ausbrechen in Fiktion, bestehen aus Ausflüchten, sind vorbesprochen. Die

Richter reagieren auf sie auch nur mit der steten Mahnung, bei der Sache zu bleiben.

Im Gericht, ob real oder als Metapher, machen all diese Ausreden Fluchträume auf und folgen den Gedankengängen der anklagenden Partei, die man bereits verinnerlicht hat. Sie suchen andauernd Ausgänge aus deren strikter Argumentation, verdeutlichen den subjektiven Charakter von deren Behauptungen, von »so und nicht anders ist es gewesen!«. Denn die Anklage versucht immer alles in einem sachlich neutralen allgemeinen Licht darzustellen, während die Verteidigung die Perspektive öffnet: Es könnte auch anders gewesen sein. Klar ist auch, Ausreden sind dialogisch ausgerichtet, sie öffnen fiktionale Räume und können faul sein, besonders, wenn sie allzu fleißig auftreten. Diese Charakteristiken entnehme ich dem Buch *Kultur der Ausrede* des Literatur- und Kulturwissenschaftlers Fritz Breithaupt, der in ihr ein grundlegendes kulturerzeugendes Prinzip sieht und gleich zu Beginn mit einem Rückgriff auf die Bibel – was sonst? – die steile These wagt, dass sogar die Literatur, alle Literatur im Grunde, aus der Ausrede erwachsen ist. Ihrer Verwandtschaft mit der literarischen Erzählung, deren struktureller Einheit geht er in der Folge nach, indem er ein analoges Verhältnis zu Fragen der Versionsbildung, der Negation allzu einfacher Kausalitäten, der Überzeugungskraft und der Empathie feststellt.

Fritz Breithaupt ist es besonders an dem dialogischen Moment gelegen, also der These, dass die Ausrede immer auf eine Anklage reagiere, implizit oder explizit, auf die von ihm bezeichnete Masterstory, sie liefert eine Gegenversion und damit mehr Komplexität, weil sie bereits beschriebene Sachverhalte neu bewertet. Und wie Sie bereits mitbekommen haben, ist es gerade das Dialogische, das auch mich fasziniert. In der Folge macht der Kulturwissenschaftler den öffentlichen Ort der Ausrede im Gericht fest und zeichnet in der gerichtlichen Anordnung das Kommunikationsschema der Ausrede nach. Wenn sie Dialogizität thematisiert, versucht die Anklage wiederum, diese zu negieren.

– Einen Moment! Wenn wir also über Denunziation, Selbstrechtfertigung, Verunsicherung und Ambivalenz sprechen, wenn es um geschickte Manipulation, Schliche und perfide Finten, wenn es um barocke Fluchtachsen und brillante Umwege, um Verästelungen und Verdunkelungen geht, wenn wir uns rhetorischen Textgebäuden voller Wortwiederholungen gegenübersehen, rhetorischen Lebensrettungsversuchen, vermeintlicher Geschwätzigkeit, dann sind wir also bei der Ausrede?

Richtig! Die Ausrede könne man keinesfalls einfach mit der Lüge gleichsetzen, schreibt Breithaupt, vielmehr löste sie »die Darstellung von Wirklichkeit ab, wie man die Haut von einer Zwiebel abschält, deren Kern aber ebenfalls nur aus Häuten besteht.«[33] Wir haben es mit der Infragestellung der realistischen Geste der Anklage zu tun und bewegen uns insofern auf realismuskritischem Boden. Und die Literatur? Lügt sie etwa auch nicht, sondern folgt nur einer Narration? Das tut sie keineswegs, bemerkt Fritz Breithaupt und setzt hinzu: »Der literarische Text ›ist‹ aber keineswegs identisch mit seiner Nar-

33 Fritz Breithaupt, S. 39.

ration.«[34] Er könne sogar in einem gewissen Maße gegen seine narrative Tendenz rebellieren. Ein Satz, der wie fast nebenher gesagt wirkt, aber in Zeiten, in denen andauernd lautstark die Narration mit dem Narrativ und dieses mit der konkreten literarischen Erzählung in eins gesetzt wird, sehr gewichtig ist. Denn das ist ja der Witz an der Literatur, dass sie kein Narrativ ist und auch nicht aus einer Narration allein besteht.[35] Doch die versionsbildende Kraft liege schon im Narrativen. Breithaupt beschreibt es folgendermaßen: »Das narrative Denken verweigert sich der Reduktion eines Berichts auf die plausibelste kausale Abfolge … noch die einfachste Form der Narration ist geprägt von der Abgründigkeit, dass alles anders sein könnte … Das narrative Bewusstsein erkennt nicht nur vorliegende Kausalitäten und registriert sprachlich gelieferte Erklärungen, sondern *erfindet*, *produziert* und *simuliert* in einem fort Verknüpfungen, Alternativen, Überraschungen, Ausreden, Lösungen und Dei ex Machina«.[36]

Dieser aktive Widerstand gegen die Masterstory, wie Breithaupt die Verkettung von Sachverhalten oder Vorkommnissen, deren zentrale Interpretation nennt, bindet Ausrede und Literatur zusammen. Ein hegemonialer

---

34 Fritz Breithaupt, S. 172.

35 In Gertrude Steins poetologischer Schrift *Erzählen* wird bereits Narrativ und Erzählung in ein Spannungsverhältnis zur Geschichte gebracht, wenn auch noch nichts über den ideologischen Anteil dieses Spannungsverhältnisses verraten: »Erzählung beschäftigt sich mit dem was die ganze Zeit geschieht, Geschichte beschäftigt sich mit dem was von Zeit zu Zeit geschieht. Und das ist es was an Geschichte nicht stimmt und das ist es was vielleicht am Erzählen nicht stimmt.« (S. 57)

36 Fritz Breithaupt, S. 143.

Raum wird sichtbar. Seine Architektur bestimmt die Formen der Rede und letztlich auch die der Literatur. Ihre Rhetorik ist eine derer, die sich nicht entziehen können, warum auch immer, die sich aber gegen Zuschreibungen zu Wehr setzt.

– Rebellion. Also Romantik.

Nicht im Gericht. Im Gericht ist nichts romantisch. Im Gegenteil, eher abgegriffen.

Aber setzen Sie sich doch erst einmal! Hier in der zweiten Reihe der Zuschauerempore ist noch Platz. Und sehen Sie selbst! Auch hier sind Ausreden nicht immer zurechtgelegt wie ein Kleidungsstück, das man anziehen kann, weil es kälter geworden ist. Sicher, sie haben auch nicht ganz das Spontane, das Kindern zu eigen ist, wenn sie meinen, Ausreden werden sich schon finden und darauf vertrauen, dass ihnen etwas einfällt, wenn es soweit ist.

– Sie greifen sie aus der Luft.

Ja, aber was für Luft?

– Da stellt sich dann die Frage. Woraus besteht sie? Aus der Anklage, die bestimmte Kontexte festlegt? Aus Begründungszusammenhängen, Einflüsterungen, Ablenkungen? Sicher ist, sie entsteht aus dem Moment des Gesprächs zwischen Anklage und Verteidigung, und wenn ihr gar nichts Spontanes anhaftet, wenn sie wie auswendiggelernt wirkt, dann wird sie unglaubwürdig. Sie muss den Eindruck des Authentischen hervorrufen, benötigt also die Inszenierung von Authentizität, die wiederum in der Literatur ein wichtiges Mittel der Erzeugung von Gegenwärtigkeit darstellt und insofern auch Realismus suggeriert. Wer das Hier und Jetzt zum Vorschein bringt, der will ja Welt erzählen. Könnte man meinen. Hier natürlich durchkreuzt von dem grundsätzlich kritischen Impetus der Ausrede, der zeigt, dass vieles eine Frage der Interpretation ist.

Fritz Breithaupt geht in der Folge näher auf die Fiktionalisierungskraft ein, die sich schon in der Neuordnung des realen Materials, d. h. des von der Anklage bereitgestellten Sachverhalts, der Tatzuschreibungen zeigt, den »kontextschaffende(n) Sprechakt der Ausrede«.[37] Insofern ist sie beredt, eine rhetorische Leistung nahezu, eine Ballungserzählung. Oft wohnt ihr auch ein Rededruck inne, der etwas Dahinterliegendes verdeckt. Die Ausrede erzeugt stets einen Strom von Worten. Sie hat einen Hang zum Barocken. Selten gibt es merklich ein Wort zu wenig, immer eher ein Wort zu viel, was sie verdächtig erscheinen lässt. Wenn die Ausrede sich wortkarg gibt, dann mit vielen Worten. Sie versucht eben, Zeit zu gewinnen, sich einen Aufschub zu verschaffen, einen Schutzraum zu kreieren. Aber das als utopisches Potential zu bezeichnen, ist fragwürdig, es ist zumindest sehr kontextabhängig und in der Banalität unseres heutigen digitalen Gerichtstermins auch schwer zu behaupten, aber dennoch liegt etwas davon in jeder Ausrede.

Klar ist, niemals darf diese Ausschweifung und Ablenkung, die auswegsuchende Erklärung langatmig werden, sondern muss immer in einer gewissen Spannung bleiben, sonst hört man ihr nicht mehr zu. Das zeigt Lilian Faschinger in *Die neue Scheherazade*, in der die Figur verurteilt ist ohne Grund. Das einzige Vergehen der eloquenten Erzählerin ist ihre Existenz als Frau, über die die

---

37 Fritz Breithaupt, S. 128.

Ausrede hinwegtäuschen soll, auch wenn sie genau darüber spricht. Ihr Spiel mit der Schuld zeigt auf das grundsätzliche Problem im Patriarchat: Frauen oder besser gesagt: nicht Cis-Männer haben sich permanent für ihr Geschlecht zu entschuldigen, sie suchen eine Ausrede, um zu sein, und gleichzeitig ist durch deren ununterbrochene Ausübung die erzählende Figur omnipräsent, es ist eine Art performativer Widerspruch.

»Es handelt sich also in meinem Fall nicht um eine krankhafte, nicht eindämmbare Geschwätzigkeit, sondern um eine zwingende Notwendigkeit, um reine Notwehr, um eine von mir und meiner Schwester Dunja zur Verhinderung der Ausrottung unseres Geschlechts ausgedachte List«[38], schreibt Lilian Faschinger, und Elfriede Jelinek fügt in *FaustIn and Out* hinzu:

»Man kann das Fließband zum Stehen bringen, man kann das Auto an der Ampel zum Stehen bringen, man kann das Radio, den Fernseher zum Schweigen bringen, nein, bitte nicht!, man kann jeden Menschen mit einer Waffe zum Schweigen bringen, nein, bitte nicht!, aber man kann die Weiber nicht zum Schweigen bringen. Sie reden und reden. Und dann gehen sie zum Arzt und reden weiter. Man findet den Punkt nicht.«[39]

Um ihr Leben reden, das können sie, soweit das Klischee, warum aber nur akzeptieren sie die Anklage? Denn wer die Ausrede führt, so Fritz Breithaupt, stelle sich zumindest der Verantwortung, stehe Rede und Antwort, als ob das immer so eine freiwillige Entscheidung wäre. Von

---

38 Lilian Faschinger, S. 7.

39 Elfriede Jelinek. *FaustIn and Out*, https://www.elfriedejelinek.com/ffaustin.htm

der Polizei ist in Breithaupts Buch nämlich niemals die Rede.

Aber das Gericht. Kommen wir endlich zum Gericht. Das Gericht produziert die Rede. Die Rede und auch das Schweigen, das ist bekannt. Es ist der prominenteste gesellschaftliche Ort fürs Schweigen.

– Richtig. Wir müssen jetzt schweigen, dann aufstehen, weil der Richter und sein Senat erschienen sind! Begrüßen wir das Hohe Gericht! Erweisen wir dem richterlichen Senat Respekt!

Noch nicht! Moment! Gute Ausreden lohnen sich, fadenscheinige und schlechte werden bestraft. Es gibt den kreativen Trieb zur Kunstfertigkeit im Kontext der Anklage. Wir haben es stets mit dem möglichst günstigsten Licht zu tun, das man herstellen muss. Manchmal fehlt es komplett, denn auch das möglichst günstigste Licht kommt eher den gut Situierten zu. In den Armenhäusern der Welt, den Unterkünften für Geflüchtete und den Asylantragsorten fehlt es schnell einmal. Und so sind die immer gleichen Geschichten der Asylbeantragenden schal geworden, deren Rede ist von vornherein als Ausrede entlarvt, selbst wenn es keine ist, oder wenn es nur eine der gekauften Geschichten ist, die man erzählen muss, um nach Europa zu kommen, wie es in Shumona Sinhas Roman *Erschlagt die Armen!* der Fall ist. Geschichten, die längst auswendig gekannt werden, zur schalen Konvention geworden, die die Beamt*innen und Übersetzer*innen beinahe nach ästhetischen Kriterien beurteilen.

»Um politisches Asyl zu bekommen, mussten sie lügen und uns eine Geschichte erzählen, die nicht die ihre war. Sie mussten die Last eines Lebens auf sich nehmen, das ihnen fremd war. Sie versuchten, in die Haut der Charaktere zu schlüpfen, die die Menschenhändler, ihre Landsleute, für sie erfunden hatten. Natürlich glaubte man ihren Geschichten fast nie. Sie wurden mit der Route und dem Pass gekauft und würden mit vielen anderen über die Jahre angehäuften Geschichten vergilben und zerbröseln.«[40]

Die eigene Geschichte, die einen zur Flucht zwingt, die selbst erlebte, wirkt entweder unglaubwürdig oder sie genügt den juristischen Anforderungen nicht. Auch hier zeigt sich, wie die Ausrede sich räumlich an die »Anklage« anbindet, sie nachbildet, sich entlang ihr konstituiert. Allerdings muss sie dabei authentisch klingen, was nicht nur allein glaubwürdig bedeutet, sondern wie aus dem Hier und Jetzt erzählt. Eben nicht verinnerlicht, sondern authentisch erinnert. Die armen Gestalten in Shumona Sinhas Roman schaffen das meist nur sehr ungelenk. Sie zwingen auch die Übersetzerin und die Beamt*innen in eine ebenso ungelenke rührselige Situation. Denn selbst wenn diese immer wieder Zeug*innen eines erfundenen Dramas werden, wissen sie ja, dass dahinter das reale Elend steht. Aber das öffnet eben keine Türen, im Gegenteil.

Ist es nicht vielmehr so, dass gerade Erzählungen von Gewalterfahrungen gerne überhört werden, vor allem, wenn sie den sozialen Raum zerschneiden? Das Überhören nimmt sogar zu, je näher das betroffene soziale Netzwerk an die Tat heranrückt, dann entsteht die berühmte Hörblase wie in dem Film *Das Fest* von Thomas Vinter-

40 Shumona Sinha. *Erschlagt die Armen!*, S. 33.

berg, wo biblische drei Mal die Missbrauchsgeschichte vor der Familie und dem Täter erzählt werden musste, bis sie ankam. Manchmal wird sie auch diskursiv überhört wie im Fall der NSU-Morde, bei deren juristischer Aufarbeitung stets die Täter*innen in aller Munde waren, nicht aber die Opfer und Überlebenden. Dies hat auch die zivilgesellschaftliche Reaktion auf die rassistischen und rechtsextrem motivierten Morde von Hanau mit der Initiative #saytheirnames deutlich gemacht.[41]

Dieses Überhören herauszuarbeiten ist eine der interessantesten ästhetischen Aufgaben. Nur: wie kann es dargestellt werden, wie gezeigt? Durch eine Nichtreaktion? Eine ausbleibende Antwort, die wir uns alle imaginieren? Eine Lücke im Text oder eine aggressive Überschreibung?

– Überhören ist zumindest keine gerichtliche Kategorie.

Ja, das Gericht. Hier wird hauptberuflich gehört. Kommen wir endlich zum Hier und Jetzt des Gerichts.

– Fest steht, es ist ein Ort des Zuhörens und nicht des Überhörens. Im Gericht wird nicht überhört.

Zuhören, das haben wir in meiner ersten Vorlesung schon festgestellt, ist ein unglaublich komplizierter Vorgang, und ich kann ihm gar nicht genügend Raum widmen. Seit einiger Zeit habe ich mir angewöhnt, in den Zoom-Sitzungen nicht mehr die Sprecherfunktion zu aktivieren, sondern lieber den zuhörenden Leuten zuzusehen. Die verschiedenen Arten dieser Wahrnehmung groß rauszubringen, das verdanken wir eben den digitalen Kommunikationstools. Ich sehe dann Haaransätze, sehe

41 Was ist die öffentliche Erzählung: Dass diese oder jener umgebracht worden sind, oder diese oder jener irgendjemand umgebracht hat?

Blicke aus dem Fenster, leere Blicke in Richtung Bildschirm, die aber irgendwo davor stehenbleiben, nehme Kleinstreaktionen wahr, viele Mimiken des Verstehens, des Abwesendseins, des sich nach einem neuen Thema Umsehens, des Ungeduldigwerdens, ja, das vor allem. Ich sehe sogar Tränen in den Augen bei jemanden, der gerade gesprochen hat und nun mitbekommt, dass sein Sprechen verhallt ist, dass niemand begriffen hat, was er wirklich hat sagen wollen. Die Reaktionen auf Zoom fallen ja kühler aus, d. h. anders, es fehlt das emotionale Erfahrungsmoment des Realraums, das Gemeinsame der Präsenz, die eine bestimmte Form der Konzentration hervorbringt. Gleichzeitig fühlt man sich auf Zoom mittlerweile auch ungesehener, unbeobachteter, weil man davon ausgeht, dass alle die Sprecheransicht angeschaltet haben, um besser zuhören zu können. Zu Unrecht! Vielleicht kann man gerade besser zuhören, wenn man jemandem beim Zuhören zusieht? Ich weiß, ich weiß, das funktioniert nur in den Konferenzen, bei den übrigen digitalen Veranstaltungen kann man meist die anderen im Publikum nicht beobachten, was eine wesentliche Einschränkung des Vergnügens darstellt. Aber in diesen merkwürdigen Zeiten ist der Bildschirm der Ort, an dem das Zuhören als aktiver Bestandteil von Kommunikation plötzlich eine neue Sichtbarkeit bekommt.

Und wie viele unterschiedliche Arten des Zuhörens es gibt! Ungeduldige, gelangweilte, gleichmäßig aufmerksame und zerfahrene. Schauen Sie hin! Hibbelige, solche, die auf den sogenannten Punkt warten, an dem sie einhaken können, hellwache, die langsam ausfaden, aufgesetzte, überaus performte. Lassen Sie es sich nicht entgehen!

Und trotz all dieser unterschiedlichen Arten des Zuhörens, hat man nach solchen Sitzungen stets das Gefühl, dass einiges nicht angekommen ist. »Immer bleibt etwas hängen«, sagte mir kürzlich eine Kollegin in der Akademie der Künste, und eine andere fügte hinzu: »Man sitzt dann nach so einer Zoom-Sitzung in seinem Zimmer mit all den Kommunikationsresten und wird sie nicht mehr los.« Manche rufen dann danach noch jemanden an, um es doch loszuwerden, und vielleicht ist in Pandemiezeiten deswegen die Manie des Endlostelefonats entstanden – wer kennt sie nicht, die Telefonstimmen und Telefonstimmungen, in die ganze Stadtviertel getaucht sind? Da sitzen sie alle auf ihren Balkonen oder stehen an Fenstern frühsommersonnenbeschienen und reden miteinander. Was aber ist es am Realraum, das Gespräche abschließt?

Die interessantesten Momente des Schreibens sind ja eigentlich die, in denen wir einander nicht zuhören können, weil eigene Barrieren entstehen, weil wir es nicht aushalten, weil Interessenskonflikte da sind oder das Gesagte an alte Wunden rührt. Deswegen sind Aufnahmegeräte so hilfreich, die nicht nur bestätigen, was alles gesagt wurde, sondern auch enthüllen, was man alles nicht gehört hat, weil man nicht nachgefragt hat, obwohl es beim Nachhören interessant klang. Ich würde gerne die blinden Flecken meiner Schreibgeschichte erzählen, ich würde gerne einmal aneinanderreihen, was ich alles nicht hören konnte, was ich sozusagen überhört habe und wie. Ich würde gerne eine Nichtgeschichte der Wahrnehmung, die ein bisschen an *(Krieg und Welt)*, dem großen und großartigen Romanessay von Peter Waterhouse, anknüpfen könnte, schreiben, zumindest einige Schreibstrategien und Impulse davon aufnehmen. Mal sehen, was in dieser Zusammenstellung sichtbar würde. Vermutlich gehörte dazu auch die Erzählung von meinem kleinen Fahrradunfall nach einer Veranstaltung, einer Podiumsdiskussion anlässlich des NSU-Prozesses, die ich als Gastgeberin mit einigen meiner Gesprächspartner*innen durchführte. Es war ein Unfall, den ich mir selbst zuzuschreiben habe, einem plötzlichen Aussetzen meiner kognitiven und körperlichen Fähigkeiten geschuldet, dem eine Problematik des Zuhörens vorausging. Ich fiel plötzlich auf der leeren nächtlichen Straße um, als hätte ich die Kontrolle über die Schwerkraft verloren. Es musste an der Veranstaltung gelegen haben, überlegte ich danach, die mich plötzlich einem starken Verdacht aussetzte: Ich stehe politisch nicht auf der richtigen Seite! Mir wurde klar, dass ich mit dem durchs Zuhören gewonnenen »Material« etwas anderes als meine Gegenüber machte, deren Agieren ich sehr schätzte. Eben waren wir noch beim Abendessen nach der Veranstaltung gesessen, eben habe ich den Nebenklagevertreter_innen noch zugehört, wie sie einen Auftritt nach dem Urteil des jahrelangen Prozesses planten, ein strategisches Vorgehen, weil der Prozess in weiten Teilen enttäuschend verlaufen war, und eben begann mir klar zu werden, ich bin sehr weit weg davon. Mein Schreiben dient nicht wirklich den Opfern des NSU, d. h. nicht in erster Linie, sondern eher mir selbst. Ich wollte eine Selbstaufklärung betreiben, die ich mir auch für eine Allgemeinheit interessant vorstellte. Gibt es aber in dieser Frage überhaupt noch eine Allgemeinheit oder eine politisch zerrissene Situation, die biodeutsche Menschen von nicht biodeutschen Menschen trennt? Auch waren in jenem Gericht die

Dinge bei mir auf Abstand geblieben. Es war ein wohldosiertes Schaudern entstanden. Natürlich habe ich auch persönliche Erfahrungen mit Rechtsextremen gemacht, die aggressiv gegen mich gerichtet waren, Briefe empfangen aus dem Trolluniversum, wie vermutlich jede öffentliche Frau, von Hatern, aber was ist das schon im Vergleich? Das, was mich an diesem »Jahrhundertprozess«[42] oder besser Unjahrhundert-, Umgehungsjahrhundertprozess zur Aufklärung jener rassistischen Mordserie interessierte, deckt sich nicht mit dem Interesse der Überlebenden, wo ich doch bis zu jenem Moment angenommen hatte, es würde sich irgendwie decken. Und jetzt, nein eigentlich schon vorher, auf der Bühne, wirkte mein Blick plötzlich wie politisch nicht richtig justiert, mein Interesse degoutant. Es gibt Wissen, das etwas kostet, und diese Kosten würde ich nicht wirklich tragen. Später würde es das unverständliche Lachen einer Nebenklageanwältin erzeugen, aber jetzt war in mir nur Irritation.

Es ist vermessen, überlegte ich mir, über so eine Sache literarisch zu schreiben, wenn man nicht die Gewalterfahrung, der andere ausgesetzt sind, zentral thematisiert, sondern den gerichtlichen Umgang, den ich schon aufgrund der nichterfolgten Zusammenarbeit der Behörden als eine Art bizarren Irrlauf empfinden musste – aber gleichzeitig ist es vermessen, diese Gewalterfahrung zentral zu thematisieren, weil es übergriffig wäre. Ich kann ja gar nicht aus den Augen der Überlebenden auf das Ge-

42 Das Jahrhundert war noch müde und noch nicht ganz da, aber der Jahrhundertprozess war schon mal da, ansonsten eher begleitet von Jahrhunderthochwassern, Jahrhundertdürren und Jahrhunderthitzen als von Jahrhundertsommern.

richt schauen, das ist mir nicht möglich. Ich kann mich nur an die Augen der Überlebenden heranmachen, mich ihnen nähern, aber das scheint mir ethisch nicht geboten. Dazu kommt: Für jemanden wie mich ist das Gericht vermeintlich ein einfacher Ort. Ich gehe hinein und wieder hinaus, ich setze mich auch noch in die erste oder zweite Reihe der Empore, um hinunterzublicken, und betrachte das theatrale Geschehen mit den neugierigen, belustigten Augen einer Nichtbetroffenen. Ich staune über die Langatmigkeit des Orts, über die Barrieren, die Unsichtbarkeiten und die Verweigerungen der Zeugenschaft, die Riten. Ich staune über dieses Land, dieses Deutschland (nicht weit von diesem Österreich), und mein Staunen wird mir nach und nach fremd und fremder, weil andere überhaupt nicht erstaunt sind, völlig unerstaunt über die Vorgänge. Sie werden nur bestätigt. Das Gericht bestätigt ihre bereits gewonnenen Erkenntnisse. Sie haben einen Erkenntnisvorsprung, den sie lieber nicht hätten, mir gegenüber. Diesen Erkenntnisvorsprung werde ich nie einholen. Das Land, das plötzlich von lauter Neonazis besetzt zu sein scheint, überrollt mich, aber ich kann danach wieder aufstehen und rausgehen. Ich staune vielleicht sogar wieder von Neuem, weil ich dem nicht tagtäglich ausgesetzt bin. Ich kann mich auf eine Weise darüber aufregen, die unbeteiligt wirkt. So wird meine Zeugenschaft aber total unnütz, der Prozess wirkt wie ausgeschrieben, nicht sinnvoll überschreibbar. Ich stellte fest, was man mir seit Langem sagte: Du bewegst dich in dieser Frage auf auserzähltem Terrain! Hier hilft nur noch die direkte politische Aktion. Es war insofern folgerichtig, mit dem Fahrrad auf einer Straße ohne jeglichen Verkehr zu stürzen. Und danach in einer Schreibblockade zu landen, dieser am meisten stereotypen Selbstunterbrechung, die sich Schreibende vorstellen können. Mir ist schon klar, hiermit drehe ich die zentrale Fragestellung der Vorlesung um. Nicht, was mache ich beim Schreiben, sondern was mache ich beim Schweigen? Nichts ist heute schwieriger als das: Auf die richtige Art zu schweigen und sich nicht mit einem falschen Schweigen gemein zu machen.

Seit jenem Abend stelle ich mir nochmal dringlicher die Frage, ob ich nur mit den sogenannten »Täter*innen« sprechen bzw. nur Mächtige, die Handlung Antreibende ins Gespräch ziehen kann, weil ich diesen ethischen Konflikt nicht aufzulösen vermag? Das ist ja nicht nur unendlich traurig, ich möchte auch dagegen angehen, ich will das nicht perpetuieren, was sich in diesem Diskurs ständig erneut herstellt. Liegt die Anziehungskraft bei den Täter*innen, richtet sich das Spektakuläre des Tatgeschehens nochmals gegen die Opfer und Überlebenden. Wie schuldig macht sich das ästhetische Rekonstruieren des Tathergangs? Unter welcher gemeinsamen Decke stecke ich mit den Täter*innen? Wem würde ich beispielsweise zuarbeiten, wenn ich eine Ambivalenz von Figuren auf der Seite der Schwachen, Geschädigten, der Minoritären, der Prekären zeichnen würde?

Diese Fragen zur Zeugenschaft, nein, zur ästhetischen Zeugenschaft stellte sich auch der Philosoph Stefan Nowotny in seinem langen Essay *Sprechen aus der Erfahrung von Gewalt. Zur Frage der Zeugenrede*, in dem er über Pier Paolo Pasolinis *Die 120 Tage von Sodom* und über Raoul Pecks Ruanda-Film *Als das Morden begann* nachdachte und sich die Grundfrage stellte, ob und wie man diese

Zusammenhänge der Gewalt ästhetisch repräsentieren kann, ohne ihr Teil zu werden. Schließlich wird Gewalt erst durch distanzierende Mittel überhaupt »genießbar« und ästhetische Vorgänge, die diese notwendigerweise anwenden, machen sich damit mitschuldig.

Dass man in dem Zusammenhang die Ausrede nicht allzu sehr als romantische Rebellion gegen die Masterstory lesen sollte, verdeutlicht dieser Blickwechsel. Denn die Orte in unserer Gesellschaft, in denen die Ausrede doch nahe am Verstummen der Anklage wohnt, sind die Gerichte, die sich mit rechtsterroristischer und rassistischer Gewalt beschäftigen. Oder jene Prozesse, die Peter Weiss in seiner *Ermittlung* von 1965 thematisiert hat, die Auschwitzprozesse, die ein System der Gewalt freilegten. Ein Ort, wo die Ausrede doch vom Verschweigen beschäftigt gehalten wird und zur stets allzu leichten Selbstexkulpation dient. Der Theatertext von Peter Weiss ist einer mit stets versiegender Rede. Was aber, wenn es still wird in den Worten? Wenn wir plötzlich mehr hören von dem, was nicht gesagt wurde als von dem, was gesagt wurde. Wenn also das Ungesagte lauter wird als das Gesagte. So hören wir bei Peter Weiss vom 12. Angeklagten: »Ich hatte mit diesen Transporten nur Auftragsgemäßes zu tun«[43] und stellen uns sofort vor, was dies Auftragsgemäße war.

Zu viel Schweigen enthalte die Rede einer Figur, wird gesagt, oder das Schweigen habe sich zusammengeballt und habe sich längst verselbstständigt. Das ist die Zeugenrede, wie wir sie verstehen. Immer verschweigt sie etwas, rückt nicht raus damit. Das ist die Zeugenrede, die

43 Peter Weiss. *Die Ermittlung*, S. 104.

im Gericht sich anwesend machen muss, immer im Hier und Jetzt stattfindet, und die man im Nationalsozialismus von vornherein verhindern wollte. Das perfekte Verbrechen ist jenes, das keine Produktion von Zeugen zulässt, weiß Stefan Nowotny, er erläutert es uns mit folgendem Zitat von Primo Levi: »Was für ein Vergnügen es den SS-Leuten bereitete, den Häftlingen zynisch vor Augen zu halten: ›Stellen Sie sich nur vor, Sie kommen in New York an, und die Leute fragen Sie: »Wie war es in diesen deutschen Konzentrationslagern? Was haben Sie da mit euch gemacht?«‹ … Sie würden Ihnen nicht glauben, würden Sie für wahnsinnig halten.«[44] Neben den wohlbekannten Leugnungsnarrativen wurde schon den Taten in ihrer gesteigerten und als sinnlos zu bezeichnenden Gewalt jene Unglaubwürdigkeit mitgegeben, sie sollten nicht vorstellbar sein, keine Zeugenschaft soll über sie möglich sein. Und so werden »auch die Toten«, wie Walter Benjamin schreibt, »vor dem Feind, wenn er siegt, nicht sicher sein.«[45] Die Wirklichkeit gehe immer zu Lasten des Klägers, steht als Motto vor Nowotnys Essay.

Und hier begegnen wir auch wieder der Kategorie des Authentischen, nur unter anderen Vorzeichen. Denn schließlich greifen gerade Gewalterfahrungen die eigene Präsenz zutiefst an und die sozusagen authentischsten Erfahrungen wirken in dieser gebrochenen Zeugenschaft am unauthentischsten. Gerade selbst betroffene Zeugen der heftigsten Verbrechen können, so Nowotny, keine authentisch wirkende Rede hervorbringen. Es entsteht

44 Primo Levi. *Die Untergegangenen und die Geretteten*, S. 7.

45 Stefan Nowotny. *Sprechen aus der Erfahrung von Gewalt*, S. 292.

vielmehr der Eindruck einer Fake-Story, obwohl jeder weiß, dass sie »echte« Zeugen sind. Die posttraumatische Störung ist ein großer Gegenspieler der Inszenierung der Authentizität und gleichzeitig wirkt sie selbst strukturell wie eine Lüge – weil die Person nicht mehr im Vollbesitz ihrer Integrität ist. Unsere Vorstellungen von einer authentischen Erzählung erfahrener Gewalt beinhalten genau diese Integrität, die Zeugenschaft im Vollbesitz der eigenen Wahrnehmungsfähigkeiten. Gleichzeitig erwarten wir perfiderweise die Inszenierung von Verletzlichkeit. Und so kommt es, dass wir die Glaubwürdigkeit einer Zeugenschaft schnell in Abrede stellen wie bei Natascha Kampusch, deren selbstbewusstes Auftreten ihr kurz nach der Selbstbefreiung zum Verhängnis wurde. Zeige deine Wunden, damit wir uns an ihnen ergötzen können!

Stefan Nowotny spricht von der doppelten Anwesenheit in der Zeugenrede. Das Erlebte ist im Präsens des Gerichts wiederzugeben, als Involvierter und Beobachter gleichzeitig. Als Anwesender beim Sprechen und als ehemals Anwesender im Geschehen. Zudem äußert man sie in einem sozialen Rahmen, man sagt die Wahrheiten einander. »Demnach ist die ›Wahrheit‹ der Zeugenrede auch nicht allein im Gesagten zu suchen, sondern mehr noch in der schieren Möglichkeit ihres *Stattfindens*.«[46] Die posttraumatische Zeugenrede, das Geständnis einer Anwesenheit, die man eigentlich nicht erträglich findet, in ihr wohnt »ein Zuviel an Rede (als *Akt* einer Aussage), einem Zuviel an Schweigen, einem Zuviel an Erfahrung, das die

46 Stefan Nowotny, S. 307.

Aussage und ihren möglichen Gehalt überbordet«[47] inne. Es ist die Verlassenheit der ZeugInnen – und das Denken der Spur, das die ZuhörerInnen praktizieren müssen. Mit einem herkömmlich ästhetischen Verständnis von Authentizität hat das nicht mehr viel zu tun.

Geschieht es aus dieser Erfahrung heraus, was mir ein Anwalt für Menschenrechtsverbrechen verriet? Er habe seine syrischen Klient*innen gebeten, ihm die Sachen nicht auszuerzählen, weil sie dann bei Gericht nicht authentisch klingen würden. Hat man sie nämlich schon einmal erzählt, verlieren sie an Klarheit, Genauigkeit, Wahrhaftigkeit. Eine wiederholte Erzählung hat nämlich schon literarische Fahrt aufgenommen, man beginnt sie auszuschmücken oder wegzulassen, gerade bei einem Thema, das einen sehr emotionalisiert. Die Inszenierung der Rede wird sichtbar. Der Moment der authentischen und glaubwürdigen Konkretion existiert nur einmal. Was heißt aber auserzählen? Bis ins kleinste Detail zu erzählen? Bis an die Ränder des Relevanten? Wer definiert sie? Wo ist die Grenze? Wo hört man auf? Und was hat das damit zu tun, dass gewisse Geschichten – nein, besser gesagt: Stoffe – *auserzählt* sind? Du bewegst dich auf auserzähltem Terrain, hat man mir schließlich bei den NSU-Prozessen gesagt. Es scheint mir, dass, wenn wir über das Ausreden und die Ausrede sprechen, dann müssen wir gleichermaßen über das Auserzählen und das Auserzählte sprechen. Die räumliche Vorstellung verbindet beide, auch wenn es sich um verschiedene, teilweise gegensätzliche, teilweise sich entsprechende Prinzipien handelt. Das, was zu Ende

47 Stefan Nowotny, S. 306.

erzählt ist, und das, was zu oft erzählt wurde, das, was allen Raum einnimmt, und das, was keinen Raum mehr einnehmen darf.

Wenn wir sagen, der NSU-Prozess sei auserzählt, der 11. September sei auserzählt, und das schon deutlicher, die Finanzkrise hingegen etwas undeutlicher, die Wiedervereinigung ist wiederum schon so lange auserzählt, dass man gar nicht mehr weiß, wann ihr Auserzähltsein begonnen hat oder ob es nur eine über lange Zeit gebrauchte rhetorische Formel ist, eine sogenannte Schlussstrichformel, mit der man eine Diskussion von vornherein für beendet erklären möchte, um eine Version zu stützen, die alle ehemaligen politischen Alternativmöglichkeiten leugnet – wenn wir das sagen, dann sprechen wir von historischen Stoffen, die Sache ist sozusagen angeblich vorbei. Doch sind das überhaupt Stoffe? Oder muss man schon von extrem medial bewachten historischen Ereignissen ausgehen, aus dem Westen heraus beobachtet und im globalen Norden zu Hause, zu denen sehr viel publiziert wurde? Themen, zu denen Liveticker liefen, die wie leergelaufene Überschriften keine literarischen Wegweiser mehr abgeben können. Das kommt uns bekannt vor? Na klar, die Pandemie. Noch lange nicht zu Ende, und noch viel länger schon auserzählt. Quasi von vornherein auserzählt, weil sie zu nahe an den Livetickern wohnt, sich mitten in einer toxischen Aufmerksamkeitsblase befindet, die man danach mehr als verdrängen möchte. Schreib bloß nichts darüber!, warnen mich die Verlage, bei uns stapeln sich die Manuskripte, die danach niemand mehr lesen mag. »Schreib das Thema ab! Ist besser so!« Ja, der Akt der Abschreibung und das Abschreiben liegen nah beieinander, also etwas zu wiederholen und es nicht mehr gebrauchen zu können. Aber welche Formen von Geschichten können immer wieder und wieder erzählt werden und sind niemals auserzählt? Und andere, die sind noch kaum erzählt und schon haben sie den Ruf auserzählt zu sein? Gibt es eine gefühlte Auserzähltheit und eine echte?

– Liebes- und Familiengeschichten, Versionen von Mythen wurden auch unendlich publiziert und sind niemals auserzählt.

Logisch, das ist ja auch abstrakt. Aber diese konkrete Gegenwartsspur – man kann es einfach nicht mehr hören!

– Man kann aber auch sowas wie »Zukunft« nicht mehr hören. »Dystopie«, »Utopie« und so Kram.

Und das, wo wir Schriftstellerinnen doch Wahrsagerinnen zu sein glauben! Alle Augenblicke wollen wir die Zukunft. Sie herausrücken.

– Darüber ist nun wirklich alles gesagt.

Dem ist einfach nichts mehr hinzuzufügen. Diese Zukunft ist beendet, bevor sie begonnen hat.

– Sie ist wahrlich auserzählt.

Das Auserzählte ist die narrativ verbrannte Erde, das, was nicht mehr geht, und tatsächlich sitzen wir bei vielen brennenden, uns gegenwärtig beschäftigt haltenden gesellschaftlichen Fragen in einem komplett auserzählten Universum, immer mehr diskursive Räume werden es, und immer mehr kommen sie auch aus der Zukunft. Klimakrise, Artensterben, Ressourcenschwund – auserzählt. Und immer wissen wir bereits, wie es weitergeht, wenn wir damit anfangen, wir sehen von Anfang an die komplette Geschichte, da entwickelt sich einfach nichts mehr. Es ist alles gesagt. Die ganze Sache funktioniert wie eine Ausrede, die man nicht mehr hören kann, obwohl es genau das Gegenteil ist, die Anklage.

Literatur als Überbringer schlechter Nachrichten ist jedenfalls nicht mehr beliebt. Habe ich deswegen so viele Botschafterfiguren eingesetzt? Warum lasse ich lieber die einen berichten, was die anderen nicht sagen wollen oder dürfen? Warum gibt es so wenige direkt Handelnde in meinen Stücken? Es sind ja Übersetzer, wie Shumona Sinhas Erzählerin im Gericht, die andere Erfahrungswelten transferiert, bis sie ihr zu nahekommen, bis ihr die Widersprüche darin auf den Pelz rücken. Oder ist es bloß die Frauenfeindlichkeit und Aggression, die sich gegen sie richtet, und der sie entkommen wollte durch die eigene Migration? Ihre Übersetzerfigur bringt das Gericht jedenfalls in Bewegung.

– Übers Gericht ist bereits alles gesagt.

Das Gericht verändert sich in diesen Tagen.

– Du willst mir doch nicht weißmachen, dass sich da was bewegt? Es ist doch noch immer der Ort, an dem Akademiker über Deklassierte urteilen. Indem sie Rassismus und Sexismus einsetzen, zumindest in den kleineren Prozessen.

Das Gericht ist in der Literatur längst ins Genre gewandert oder saß von vornherein darin, und das Genre ist niemals auserzählte Materie. Auch Ausreden sind übrigens niemals auserzählt.

– Bitte?

Wenn Ausreden zu altbekannt wirken, taugen sie nichts. Es darf keine Auswendigkeit in diesen Geschichten liegen.

Manchmal ist die Bezeichnung auserzählte Materie aber gerade für Schreibende reizvoll. Z. B. will der Schriftsteller Éric Vuillard mit seinen Büchern *Die Tagesordnung* und *Kongo* nicht einfach nur auf die konkreten historischen Konferenzen hinaus, die er in sein literarisches Werk reinszeniert, sondern er unternimmt ihre ästhetische Neuordnung in Hinblick auf unsere Zukunft – die Geschichte ist nicht tot, sie ist nicht einmal vergangen. Wer in die Zukunft will, muss nicht selten den Umweg über die Vergangenheit nehmen. Nur wie daran arbeiten? Am Anfang der Arbeit am Auserzählten steht, das entnehme ich Auserzählungs-Autoren wie Thomas Bernhard, merkwürdigerweise oft die Selbstunterbrechung, erst dann kommt das sogenannte Abschreiben der Welt. Unser Meister auf dem Terrain des Auserzählten verfügt in einer Eleganz über die Stilmittel der Wiederholung, des Insistierens, des Immer-wieder-zum-Punkt-Kommens. Paradoxe Intervention, könnte man sagen, aber dadurch wird sichtbar, dass das Auserzählte stets mit der Behauptung lebt, eine Neuigkeit zu sein und nur einmal erzählt werden zu können. D. h. es hat etwas mit einer Wiederholung zu tun, die auf dem Gebiet des Auserzählten nicht erträglich ist. Die man vielleicht gerade so nicht erträgt, und man muss sie in das Gebiet des gerade so Erträglichen zurückführen, will man das Auserzählte in Bewegung setzen. Man muss die Wiederholung verzeihen, und man verzeiht sie auch Thomas Bernhard, man verzeiht sie Gertrude Stein und Elfriede Jelinek auf jeweils ganz eigene Weise, das hat etwas mit Musikalität, mit Witz und Groteske zu tun, die Freiräume schafft. Es sind große Wiederholungskünstler, die niemals stehenbleiben in ihren Wiederholungen und natürlich auch niemals wirklich etwas wiederholen, weil der Kontext sich permanent verschiebt. Ein ausgeschriebenes Terrain betreten und immer wieder etwas sagen, bedeutet natürlich auch, eine Beschwörung durchzuführen, ein magisches Ritual, das dessen Bann bricht, wie Hubert Fichte es in seinen Romanen mit seinen Litaneien versucht hat.

Zudem gibt es ja immer die nichterzählten Geschichten neben den erzählten. Es ist ein Zeichen für das Auserzählte, wenn beides zu befestigt ist. Gerade das medial Tot-Erzählte ist aber nicht einfach zu begraben, sondern aus seiner Starrheit wieder zu entlassen – die Politik des Schlussstrichs ist meist eine der Scheinbefriedung, die denen dient, die von den Ereignissen profitierten – und gerade diese Befreiung kann die literarische Arbeit leisten. Es wieder in Bewegung zu bringen, ist allerdings mehr, als nur eine Perspektive dem Ganzen hinzuzufügen, in jedem Fall kein additives Verfahren. Notwendig ist auch hier die Arbeit mit Leerstellen. Mich interessiert insofern der Einsatz indirekter Figuren, die nur referieren und nichts selber sagen, oder gar fehlende Figuren, über die gesprochen wird, die Bewegung des Schweigens, das sich gewissermaßen über den Text verteilen kann.

Manchmal findet es sich direkt im Text, manchmal geht es eine Abstraktionsebene höher, und meine Autorenstimme wird plötzlich leiser, der berühmte Stil hält sich zurück, das Material tritt hervor. Es gibt das geschwätzige Schweigen – über alles wird gesprochen, nur nicht über das, was im Raum steht –, der Elefant im Raum, der nicht erwähnbar ist, das moderne Tabu, situativ und doch strukturell verankert. Es gibt aber auch die Antwort auf das Ins-Schweigen-Gehen-der-Welt, wie im Buch der »verlorenen Wörter« von Robert Macfarlane und Jackie Morris, in dem das Eintreten des Schweigens markiert wird, ein Beschwörungsbuch der verlorenen Naturvokabeln im Zeitalter des Ökozids, der Pflanzenarten in der Sprache. Dies ist ein Buch über neu entstehendes Schweigen, das kein Schweigen ist, sondern vielmehr ein Abtauchen. Es wird still in der Natur, und die Welt wird ärmer, die Bezeichnungen verschwinden mit dem von ihnen Bezeichneten. Der Sprachschatz enger. Wir verstehen gewisse Worte nicht mehr und wissen nicht, dass es sie, ja den Gegenstand ihrer Benennung je gab, das sind die berühmten Shifting Baselines, die wir aus der Soziologie kennen.

Die Kulturgeschichte ist voll von jeder Menge inszenierter Stille, meist ist sie kontrapunktisch gesetzt, umgeben von ganz viel Lärm. Wir alle kennen das performte Stück von John Cage – 4'33" –, es ist vielleicht die berühmteste inszenierte Stille. Mir ist eine Aufnahme des London Symphony Orchestras in Erinnerung, im Netz kursieren zahlreiche andere, die das populärste unter allen künstlerischen Schweigen darbieten. Und natürlich handelt es sich dabei um kein radikales Schweigen, nur das gewisser Instrumente. Ebenso, und doch ganz anders, finden wir das Schweigen bei Wilhelm Busch »Und die Mutter blicket stumm um den ganzen Tisch herum« – die die denkwürdige Geschichte des überaus geräuschvollen Zappel-Philipps miterzählt.[48] Legendär auch das Schwei-

48 Wilhelm Busch. *Die Geschichte vom Zappel-Philipp*, https://de.wikisource.org/wiki/Der_Struwwelpeter/Die_Geschichte_vom_Zappel-Philipp

gen des Boxers Norbert Grupe, der 1969 im ZDF nach einer großen Niederlage seinem Interviewpartner dreißig Minuten lang auf nichts geantwortet hat. In Christopher Brett Baileys Textbuch seiner Spoken-Word-Performance *This Is How We Die* finden wir jede Menge weißer Seiten, die uns geschenkt werden als eine ironische Kompensation für das Zuviel der Rede, das vorangegangen ist. Schweigen kann auch eine Markierung des Unaussprechlichen sein. Der Übertretung dessen, was uns im Rahmen des Humanen denkbar scheint. Direkt neben dem Gequassel von *Hate Radio* – dem Theaterstück von Milo Rau und dem International Institute of Political Murder zum Genozid in Ruanda – finden wir hinter der Mauer in Raoul Pecks Film *Als das Morden begann* erstmal die schweigende Zeugin. Ihre Redebereitschaft ist und bleibt unsicher und weicht permanent auf alles andere aus als das Gefragte.

Welcher Schriftsteller hat am lautesten das Schweigen inszeniert? Imre Kertész? Maguerite Duras? Ágota Kristóf? Ihr Buch *Das große Heft* enthält mehr Schweigen als Rede. Samuel Beckett? Lars Norén ist für sein psychologisch motiviertes Schweigen berühmt. Elfriede Jelineks flippende Akteure bringen den Erzählfluss immer beinahe zum Stillstand. In diesen Literaturen erfahren wir ganz unterschiedliche Formen des Schweigens: Das Unterdrückte, Nicht-Gesagte, das Figurenschweigen, die Aussparung, das Ungesehene, das zwischenmenschlich situativ Ungesagte und das sozial Verschwiegene, Tabuisierte. Das Nicht-Gehörte. Das, was wir nicht hören können, wo unsere Zuhörerschaft ausfällt. Aber auch das Mächtige. Die mächtige Instanz schweigt, das haben wir von Franz Kafka erfahren.

Inszeniertes Schweigen ist also Zäsur, Aussetzer, Kontrapunkt und wüste Fläche. Es gibt ein Rundherumschweigen und ein zentrales Schweigen, es gibt Flächenarbeit im Schweigen, die sich nicht sofort zeigt. Und es gibt neue Arten des Schweigens. Technikschweigen, Onlineschweigen, ja, wie schweigt man auf Zoom? Und wie wird Schweigen programmiert? Und es gibt globalisiertes, dereguliertes Schweigen. Andere für einen schweigen lassen. Wie lange muss dann dieses Schweigen andauern, bis es gehört wird? Vielleicht muss das einkalkuliert werden, also die Zeit, bis es sich als wahrnehmbares Schweigen auch hier einstellt? Und was hat es mit der Feststellung zu tun, dass das eigene Schreiben stets nahe am Aufhören ist?

– Auch wir haben jetzt eine Weile miteinander geschwiegen.

Wir haben beinahe aufgehört miteinander zu sprechen.

– Im Gericht war das auch nicht möglich, aber jetzt?

Der Prozess ist vorbei und wir wissen nicht, ob wir jetzt wieder sprechen können.

– Hier? Können wir nicht. Wir sitzen jetzt in einem Radiosender. Prima. Wo wird geredet? Im Radio!

Nicht im öffentlichen Rundfunk in Zeiten der Transformation – digital first.

– Prima, ist ja zeitgemäß!

– Nein, downsizing. Freie Redakteure werden nicht weiterbeschäftigt, Programmplätze reduziert, Produktionen eingespart, ganze Wellen weggekürzt.

Der öffentlich-rechtliche Rundfunk verfügt über jede Menge systemische Zusatzschweigen, die nicht so auffallen, weil ja gleichzeitig gequasselt wird. Archivschweigen, Programmschweigen, Verflachungsschweigen. Und dieses Schweigen beginnt dort so: Jedes Thema braucht dort eine Zielgruppendefinition, Klickzahlenerwartung und ein relevantes Thema. Jeglicher künstlerische Inhalt wird über so ein Thema verhandelt und dann über Zielgruppenerwartung und Klickzahlen zum Schweigen gebracht. Statt des Gedankens von Gilles Deleuze und Félix Guattari – »Es gibt keinen Unterschied zwischen dem, wovon ein Buch handelt, und der Art, in der es gemacht ist. Deshalb hat ein Buch auch kein Objekt«[49] – kommt das Schweigen der Marktförmigkeit. Tod also dem Autorenhörspiel und welcome Radiotatort! Tod der täglichen Buchkritik! Tod dem Gedanken der nicht-kommerziellen Kulturproduktion für alle! Das Konzept der Snackability hat übernommen, Kultur hat schwelgerisch zu sein und Kritik wird als reine Serviceleistung verstanden.

»Wir sind zwar eine von der EU geduldete, hochsubventionierte Anstalt, mit dem Argument des Programmauftrags, und zwar als Kulturvermittler wie Kultur- d. h. Kunstproduzenten, aber wir spielen freier Markt und sichern uns so Wettbewerbsvorteile und denken nicht mehr daran, den damit verbundenen Kulturauftrag zu erfüllen«, so könnte man das Kalkül dahinter beschreiben.

– Nichts wie raus hier!

Ja, nichts wie raus.

– …

Was war das? Hast Du das gehört?

– …

?

– Nein, es ist schon wieder vorbei.

---

49 Gilles Deleuze und Félix Guattari, S. 13.

War das das dicke Ende?

– …

– Nein, das war sicher wieder der Markt, der sich zu Wort meldet, der kann gar nicht anders. Der muss sich immer wieder zu Wort melden, und dann entsteht dieses Rundumschweigen, rund um den Markt. Es muss kleiner werden, sagt sich der Markt und besetzt neue Gebiete. Und dann ist das Rundumschweigen nur noch größer, weil der Markt größer ist.

– Aber die Pandemie ist doch auch noch da.

Die Pandemie und der Markt, etwas verhatscht, da stehen wir 2021, 2022, 2023.

Beides Orte der Abschreibung und ewigen Neuplanung. Gegen die Abschreibung der Märkte, gegen unsere eigene Abschreibung lässt sich nur das Abschreiben der Texte setzen.[50] Diese alte Technik hervorzuholen, und dabei den einen oder anderen Fehler zu machen und den einen oder anderen Gedanken darüberzulegen, auch und gerade wenn man sich der eigenen Gründlichkeit so sicher ist, könnte man gerade heute als Rettungsversuch oder Grundübung bezeichnen. Ich habe sie nur durch diese Vorlesungen unterbrochen und werde sie jetzt gleich fortsetzen. Vor und hinter dem Buch steht der Abschreiberaum, nein, etwas werde ich hineinnehmen. Bis hierhin bin ich nun diesen langen Weg gegangen, vom Ausreden zur Ausrede, vom Reden zum Schweigen, vom Auserzählten zum Auserzählen und zur Abkürzung durch das dicke Ende bin ich

---

50 Ich verdanke die Wiederentdeckung dieser Praxis dem Künstler Mark Lammert, ein manischer Abschreiber von Texten, allerdings werden seine Abschreibungen bei ihm integriert in visuelle Äußerungen. Das Gegenteil von copy and paste!

gekommen, und zu guter Letzt habe ich noch einen Blick auf die Abschreibung geworfen, die den Raum des eigenen Schreibens abschließt, aber auch öffnet und offen muss es bleiben, gerade zum Schluss, und vielleicht folgen Sie mir.

Im Auserzählten

Es war eine Idee, die mitten in die Runde platzte. Niemand wusste mehr danach, wer sie wirklich gehabt hatte, aber nun war sie da und es musste begonnen werden. Eine hektische Organisationsarbeit setzte ein, der rechtliche Rahmen musste stimmen. Es galt, die Rollen zu verteilen. – Wer kümmert sich um die Öffentlichkeitsarbeit, wer macht den Kontakt in die Wissenschaft? Wer sucht nach Referenten, klassische Human Resources, wer kümmert sich um den Kontakt in die Szene? – Man einigte sich auf ein paar Kernforderungen, um die es in jedem Fall gehen muss, auch wenn man einen bunten Strauß an Forderungen bereithalten hätte können. Die Gruppendiskussion dazu war bereits ausufernd. Schließlich kam es zu erstem Kompetenzgerangel, es kam zu einem kompetitiven Verhalten zwischen zwei Aktivistinnen. Die Fragen der reinen Lehre tauchten auf: Was soll noch alles mitbedacht werden? Man kann nicht das eine machen, ohne das andere mitzunehmen. Spaltungsenergien wurden größer. Und dann haute eine ab, ein anderer wurde gekauft. D. h. ließ sich kaufen, »Das muss man schon mal sagen dürfen, also wirklich!«, Intrigen kamen in Gang, und am Ende ist die ganze Geschichte erledigt. Was habe ich damit erzählt? Eine bürgerlich-akademische Sicht auf Aktivismus? Nein. Am ehesten noch, wie Schreiben funktioniert. Da interessieren Fallhöhen und Konfliktlinien mehr als Geschichten eines Sieges von unten, Ambivalenzen und Dilemmata sind spannender als Einigkeitserzählungen. Dazu kommt, der eigene Text befindet sich stets in Kontakt mit anderen Texten, manchmal begierig, manchmal abwehrend, mit spitzen Fingern, aber er wird niemals komplett neu sein und alles ganz anders machen, wenn er es auch behauptet. Jeder Text reagiert auf Erzählmuster, die es bereits gibt. Literarische Texte sind insofern auch Gewichtungen von Narrationen. Allerdings frage ich mich in diesem Zusammenhang gerade, ob es mir darum geht, Schwarmintelligenz oder gar eine solidarische Aktion einer Subgruppe vorzuführen, während in Wirklichkeit ein Sturm aufzieht, ein Extremwetterereignis, das bei uns bleiben und auf der Stelle treten wird wie im Juli 2021 im Rheinland. Deadstream. Mein Selbstauftrag aus dem letzten Jahr hat sich mittlerweile in einen Theaterauftrag gewandelt, ein Stück gilt es zu schreiben, das sich mit dieser Situation der eminenten ökologischen Krisen beschäftigt, die ein schnelles Agieren der Weltgesellschaft erfordern. »Weltgesellschaft?«, werden Sie jetzt zurecht fragen, wie kommen wir denn dahin? Wir lebten doch eben noch in Zeiten des »wirklichkeitsbefreiten Wahlkampfes«,[51] wie Luisa Neubauer, Deutschlands prominente Sprecherin der Fridays for Future-Bewegung, den Bundestagswahlkampf 2021 nannte. Das notwendige solidarische Agieren einer Weltgesellschaft mag demgegenüber immer noch utopisch wirken. Klimagerechtigkeit ist eine Forderung, die durch ein Dickicht von Greenwashing der Politik und der

51 https://www.zdf.de/nachrichten/politik/markus-lanz-neubauer-kuehnert-klimawandel-100.html, abgerufen am 26.9.2021

Wirtschaft hindurchmuss, was mir, die ich mich bereits in ein Gespräch mit Dramaturgin, Regisseur und Bühnenbildnerin begeben habe, schmerzhaft bewusst ist. Und wer weiß? Am Ende ist man selbst mehr Dickicht und damit nicht Teil der Lösung. Dazu kommt, ich befinde mich mit dieser Auseinandersetzung auf dem Terrain des Auserzählten.

Sie meinen: »Aber nein! Auserzählt, also erledigt, kann nur Vergangenes sein, hier aber haben wir etwas Zukünftiges!« D. h. so zukünftig auch nicht, ist ja schon Gegenwart. Also gleichzeitig Gegenwart und gleichzeitig Zukunft, würde an dieser Stelle der Philosoph Timothy Morton erläutern. In seinem Buch *Ökologisch sein* führt er aus, wie jede Klimabotschaft explizit Gegenwart und implizit Zukunft bedeute und so einen verwirrenden Handlungsstau erzeuge. »Also«, werden Sie ihn unterbrechen und Luft holen, es gehe hier ja einmal um Literatur. Und da könnte und sollte ich doch hier einfach mal skizzieren, wie dieser Sturm nun aufzieht, den ich da beschwöre, wie der Regen tagelang auf die ganze Region niedergeht, der einen Bergrutsch nach sich zieht, es zu Überflutungen kommen lässt, und wie sich eine kleine Gruppe eingesperrt inmitten des Überflutungsgebiets in gegenseitiger Hilfe die Zeit vertreibt, bis jemand kommt, um sie rauszuholen. Aber es kommt vielleicht niemand. Sie werden durstig. Trinken das grauenhafte Wasser, das sie umgibt, spucken es wieder aus, es riecht nach Benzin und Heizöl, das durch die Wucht der Flut ausgetreten ist, sie beginnen Durst zu haben, denn Trinkwasser ist bei all dem Wasser, das einen umgibt, schon lange nicht mehr vorhanden. Sie werden delirant. Kannibalismus next. Und was habe ich damit erzählt? Wieder nichts oder so halb nichts. Zumindest fühlt es sich so an, jedenfalls noch viel weniger als in der ersten Version. Wie wäre es mit etwas Realismus, sage ich mir, schließlich habe ich bereits einige Gespräche mit Akteur:innen geführt, die sich als lokal, national und transnational agierend verstehen, da wäre z. B. die Arbeit im Umweltzentrum Dresden, der Fridays for Future, Ende Gelände, Germanwatch und Greenpeace, oder auch die Beamten des sächsischen Umweltamts. Wer ruft dort konkret an und wer nicht? Wie sind die Fragen gelagert? Der übliche behördliche Hickhack, vielleicht verbunden mit einem persönlichen Drama. Die unendlichen Weiten der politischen Arbeit, die Mühen der Ebene, um Brecht einmal zu zitieren, die allerdings keine Berge mehr hinter sich wissen. Und genau das wäre das Problem. Es fehlt die Fallhöhe. Mein Vorhaben wäre irgendwie nichtssagend, im Kleinen, Konkreten lässt sich die globale Tragödie, die sich tatsächlich abspielt, nicht fassen.

Das ist das Anthropozän, würden Eva Horn und Hannes Bergthaller jetzt einwenden! Dieses Terrain des Auserzählten steht unter dem Zeichen eines Geschehens, dem man einen erdgeschichtlichen Epochennamen verpasst hat. Den verdanken wir den Meteorologen Paul J. Crutzen und Eugene F. Stoermer, sein Beginn ist nur geologisch klar, aber nicht kulturgeschichtlich. Auch ist unsicher, ob man das überhaupt als Epoche bezeichnen soll oder als ein sich verstetigendes Ereignis, und auch, ob man es überhaupt als Anthropozän bezeichnen wolle oder nicht lieber Kapitalozän, Plantagozän, Chthuluzän, etc., wie das der Politologe Elmar Altvater, der Physiker Harald Lesch und die feministische Theoretikerin Donna

Haraway tun, den globalen Gestus des Begriffs zurückweisend, der eine gleichmäßige Verantwortung suggeriert, Verantwortlichkeiten des globalen Norden mit dem des globalen Süden gleichsetzend oder das Denken in einer Spezies erzeugend. Heftige Begriffsdebatten bestimmten die Szene, nicht unwichtig für einen politischen Ansatzpunkt, keiner hat sich durchgesetzt.

Das Anthropozän – bleiben wir bei diesem geologischen Begriff als schlechtem Platzhalter –, es selbst ist nicht zu erzählen, dazu bräuchte es eine externe Beobachterposition, die wir nicht einnehmen können, aber auch im Anthropozän ist nichts zu erzählen, warf der Schriftsteller Amitav Ghosh ein, zumindest nicht so, wie wir es gewohnt sind. Er hat uns in *Die große Verblendung. Der Klimawandel als das Undenkbare* die Schwierigkeit beim Erzählen der ökologischen Krisen, die sich in seinem Text von 2016 noch unter dem Begriff Klimawandel zusammenfassen lassen, nähergebracht. Sie hängen mit Fragen der Wiederholbarkeit und der Unwahrscheinlichkeit zusammen, man könnte sagen, des Prekären, mit dem wir heute konfrontiert werden. »Wenn das in einem Roman stünde, würde es niemand glauben.«[52] Diese immer öfter gehörte Bemerkung erzählt uns viel über den Realismus. Eins zu eins funktioniert nicht, eine realistische Wirkung entsteht durch eine Komposition, gewissermaßen feste Rahmen, die uns nun verlorengehen, Realismus ist stets Übersetzung. Und wenn die Umwelt nicht mehr stabil ist, sie nicht mehr vorhersehbar ist, wird es schwierig mit dem Übersetzungsverhältnis. Weit haben wir uns von der

52 Amitav Ghosh. *Die große Verblendung*, S. 39.

Brechtschen Fabrik entfernt, die nicht mehr zu fotografieren ist. Der fehlende Glaube findet aber nicht nur in der Lektüre von Texten statt, so Amitav Ghosh, sondern durchaus auch in der Realität, d. h. die meisten Menschen glauben nicht daran, dass sich das vollzieht, was sich vollzieht, selbst bei vorliegenden Daten fehlt oftmals das Vermögen, diese richtig zu interpretieren und zu erkennen, was auf einen zukommt. Das Ausmaß ist nicht zu überblicken. Es bleibt immer ein Stück Unvorstellbarkeit, auch das haben wir im Sommer 2021 im Rheinland gesehen. Wie kann Literatur dem abhelfen wollen? Oder ist die Frage bereits falsch? Kann Literatur den Glauben an ein reales Geschehen, das sich vollzieht, das wir aber nicht einordnen können und deswegen nicht sehen, überhaupt erzeugen oder ist sie Teil des Problems?

Ist es nicht so, dass es einem manchmal besser erscheint, lieber die Hände in den Schoß zu legen, zumindest keine Energie- und Papierverschwendung zu bemühen, angesichts der Dringlichkeit des Themas und der gleichzeitigen diskursiven Folgenlosigkeit? Wie kann man glaubwürdig einen Text schreiben, der sich mit diesen Fragestellungen, die bereits beginnen, alles zu erfassen, auseinandersetzt? Muss man wie Daniel Falb in *Orchidee und Technofossil* stets die Literaturhäuser mitthematisieren, oder die Verlage, die Repräsentations- und Produktionsorte der Literatur, wenn ich über die tragische Situation, in der wir uns befinden, schreibe? Dies verschiebt Gewichtungen und löscht in der Behauptung, dass alles miteinander verbunden ist, auch die politische Hierarchisierung. Zu viel horizontales Denken lässt schnell Fallhöhen verlorengehen, ohne Vertikale dünnt der dramatische Gehalt aus, der der Krise inhärent ist. Eine Krise, ja eine sich vollziehende Katastrophe als flächiges Nebeneinanderher zu erzählen, kann man ein Mal provokativ machen, aber kein zweites Mal. Das additive Prinzip, maskiert als räumliches Prinzip, schlägt um in eine Lüge. Niemals ist alles gleich wichtig. Die panoramatische Wissenslandschaft ist immer bürgerlich, Aufklärung im emphatischen Sinn ist nicht neutral. Und bevor Sie mir jetzt mit künstlerischem Aktivismus bzw. der Entgrenzung des Kunstbegriffs kommen – mir gegenüber sitzt nämlich in Wirklichkeit gerade die Künstlerin Beate Gütschow, die gerade geäußert hat: »Wenn ich mich entscheiden müsste, ob ich in dieser Verstrickung Künstlerin oder Aktivistin bin, würde ich mich vermutlich als letztere sehen« –, und bevor wir zu Autorinnen wie Anna Lowenhaupt Tsing kommen, möchte ich über die verschiedenen Formen und Schwierigkeiten der Literatur in dieser Auseinandersetzung nachdenken.

Auch Eva Horn und Hannes Bergthaller sprechen in ihrem Buch über den Anthropozändiskurs von Problemen der Größenordnungen, der Verrechnung der Welt, der Skalierbarkeit, der Frage von Rahmen. Es sieht so aus, als wäre die Aufgabe, diesen neuen Zustand der Welt zu denken, zwar von der Literatur begierig aufgenommen worden, aber sie verbleibt in einem merkwürdig abstrakten Raum. Nature Writing, Climate Fiction, Lyrik des Anthropozäns, Essayistisches – sie haben oft diese Markierung des Unfasslichen oder Fehlgehenden oder sich ins Genre Verlaufenden, in die reine Dystopie Verfliegenden. Es beginnt schon mit der Frage nach der Konkretion. Die wäre immer im Hier und Jetzt. Das Zeitalter des Klimawandels wird aber diskursiv immer mit einem Nebel des

Zukünftigen umgeben. Dabei ist es etwas höchst Gegenwärtiges.

Da haben wir es wieder, werden Sie sagen, implizit und explizit, eben Timothy Morton mit seinem Konzept der posttraumatischen Störung, die uns am Handeln hindert. Die Sache mit der Posttraumatik finde ich etwas überzogen, stimmig ist der Gedanke, dass wir durch dieses implizite, in die Zukunft verschiebende Verständnis der Klimakrise quasi geschützt werden vor der radikalen Wahrheit, dass sich Klimakrise jetzt konkret ereignet, heute, hier und jetzt. Es leiden Menschen ganz real unter ihr, und nicht nur sie, es findet ein Massensterben der Arten statt. Dazu brauchen wir nicht einmal die Gerichte, die Kausalitäten durch ihre Urteile festzurren (das Gericht blickt immer nach hinten) – aber wir tun noch so, als wäre es ein Zukunftsding und wir könnten irgendwie uns vor das eigentliche Ereignis denken. Naja, überlegt Beate Gütschow schon weiter, vielleicht ist es einfach auch nur schlicht Verdrängung aus einem Schuldgefühl heraus. Sie beschäftigt sich mit den ökosozialen Forderungen nach Transformation und ist gegenwärtig mit ihrer Kamera im Rheinischen Braunkohlerevier unterwegs, hilft in Berlin bei aktivistischen Initiativen mit. Gemeinsam versuchen wir auszuloten, in welcher Form Kunst, Aktivismus und Wissensproduktion zusammengehen könnten. Verdrängung ist da schon ein gewaltiger Anker, und Schuld. Aber in diesem Schuldverhältnis ist es so schwer, Ursache und Wirkung fasslich zu erzählen. Auch diesbezüglich bringt Timothy Morton in Anknüpfung an den Historiker Dipesh Chakrabarty ganz richtig Schuld und Skalierbarkeit zusammen: »Ich stelle fest, dass ich ein Mensch bin und zugleich kein Mensch bin, insofern, als ich zur globalen Erwärmung beigetragen habe und zugleich auch nicht, je nachdem, in welcher Größenordnung ich mich aus der Sicht dritter befinde.«[53]

Im Theater, zumindest nach der Szondischen Dramentheorie wäre dieser Stoff etwas, das sich nur als Episches erzählen lässt. Zahlreiche Produktionen, die Herakles, Antigone, Ödipus im Titel mit der Klimakrise verbinden, geben ihm recht. Nur durch den Bezug zum Mythos scheint es fasslich zu machen, was sich vollzieht. In der Prosa und Lyrik mag irgendetwas Mäanderndes zwischen Autofiktion, Essayistik und mythologischen Einsprengsel entstanden sein, im Drama funktioniert das nicht gleichermaßen. Bühnen sind nur in Ausnahmefällen nachdenkliche Orte eines Subjekts, die Selbstunterbrechung ist dort stets eine kollektive. Und dieses Kollektiv ist auch nicht nur eine Ansammlung von Individuen aus den Vornamenstücken, wie sie zurzeit gehäuft entstehen und wo man sich vor lauter Mikas, Connys und Rashids, Sebastians, Finns und Zoes oder verschärft den Petras, Kurts, Markussen und Christinas, den Toms, Sues, Jareds, Marias, den Helenas und Genovevas, den Julis, Simons, Floras und Larsen nicht mehr zurechtfindet. So ist es auch die griechische Tragödie, die der Dramaturg Frank M. Raddatz in seinem Buch *Das Drama des Anthropozäns* beschwört. Auch das räumliche Prinzip, in den späten Texten Heiner Müllers entdeckt, erscheint ihm als Möglichkeit, die Lücken der Erzählbarkeit wenn schon nicht zu schließen, so doch zu überbrücken. McKenzie Wark

53 Timothy Morton. *Ökologisch sein*, S. 67.

spricht sogar von der Spatialisierung[54] des Denkens, speziell auf dem Hintergrund der beschleunigten Timeline des Kapitalozäns. Aber in dieser Räumlichkeit die anthropozentrische Position zu überschreiten, gelinge laut Frank M. Raddatz derzeit nur sehr eingeschränkt: »Das Schreiben, und womöglich die westliche Kunst insgesamt, kann dem kategorischen Imperativ der anthropozänen Kunst, eine kommunikative Beziehung zu den nicht-menschlichen Erdbewohnern zu stiften, wenn überhaupt nur unzureichend nachkommen«.[55]

Zwischen dem Text und mir stehen also nicht betretbare Plätze, unvorhersehbare Ereignisse, verschobene Größenverhältnisse und kausale Fragen. Da tummeln sich Erkundungen nach Handlungswirkungen und menschenüberschreitenden Zeitspannen, nach der Darstellbarkeit von Handlungsmacht, der Involvierung nicht-menschlicher Akteure. Und, wie Beate Gütschow richtig anmerkte, nach der Schuldfrage. War im 20. Jahrhundert das Schuldverhältnis zur Vergangenheit ein Hauptthema der Literatur, ist es im 21. Jahrhundert das gegenüber der Zukunft. Wie erzählt man eine Schuld nach vorne? Oder entscheiden wir gerade nicht über die Zukunft kommender Generationen? Beschneiden wir nicht ihre Freiheitsrechte, wie das deutsche Bundesverfassungsgericht im April 2021 festgestellt hat? Begehen wir etwa nicht »Mord an der jungen Generation« wie das die hungerstreikenden Aktivist:innen vor dem deutschen Bundestag ausdrückten.[56] Mal ganz abgesehen davon, dass die soziale Frage

---

54 McKenzie Wark. *Capital Is Dead*, S. 127.

55 Frank M. Raddatz. *Das Drama des Anthropozäns*, S. 40.

56 https://www.heise.de/tp/features/Letzte-Generation-die-Klimazu-

extrem davon bestimmt wird. Klimakrise ist sozial ungerecht. Der Zustand des bereits Auserzählten hat in dieser Hinsicht eine prekäre Schlagseite.

Jedenfalls wird eine Erzählung – die davon handelt, wie eine Aktivist:innengruppe aufgerieben wird, wie ein idealistischer Politiker an der Realpolitik scheitert, wie ein Braunkohlerevier Widerstand organisiert – den Eindruck eines Geschehens, einer Handlung vermitteln, die zumindest im Theater immer etwas unter der tatsächlichen Problematik der globalen Kausalitäten verbliebe und das Ganze als übliches Politikproblem abhandeln. Nichts Neues, nur immer dasselbe, das wir schon in *Der ewige Gärtner* von John le Carré auf Breitbild gesehen haben, Skandale der Politik, wie es sie da und dort gibt. Hier haben wir einen globalen Skandal, der sich perpetuiert, und eine Tragödie, da kaum noch Zeit zum Handeln bleibt. »Wer, wenn nicht wir« und »Wann, wenn nicht jetzt« wird zu *Wann wenn nicht wir**, wie der Buchtitel von und über Extinction Rebellion lautet[57]. Mit so einem Ansatz würde ich jedenfalls nicht immer nur abschreiben, dass wir in einer Verstrickung leben, Donna Haraways Begriff des »entanglement« und ihre Frage nach der Agency aufrufend, wie in vielen literarischen Texten, die mir derzeit auf den Tisch kommen. Oder etwas abstrakt Bruno Latours Thematisierung der Infragestellung des

---

sammenbruch-noch-aufhalten-kann-6194382.html, abgerufen am 21.9.2021

57 *Wann wenn nicht wir*. Ein Extinction Rebellion Handbuch.* Hg. von Sina Kamala Kaufmann, Michael Timmermann, Annemarie Botzki, Ulrike Bischoff.

Belebt-Unbelebt-Verhältnisses wiederholen, die die Hierarchie zwischen Mensch und Umwelt betrifft, oder gar Timothy Mortons ontologische Infragestellung des Begriffs Umwelt in Betracht ziehen, der eben ein getrenntes Existieren von Mensch und seiner Umwelt bildhaft aufruft. Auch zählte ich damit nicht einfach nur ausgelöschte Arten auf, sondern hätte eine Story, die exemplarisch im Kleinen vorführt, was im Großen geschieht, aber stopp – wie naiv muss man sein, um zu glauben, dass das noch geht. Dass das Kleine und das Große ineinander abbildbar sind. Geht doch gar nicht, sage ich mir, und setze einen Geht-doch-gar-nicht-Gesang fort:

Geht doch gar nicht, ein Stück wie Nele Stuhlers *Gaia googelt, nicht* zu schreiben, das Nichts, Gaia, Uranos und Co. auftreten lassen und so ein wenig abstrakt-komisches Mythostheater zu machen. Geht doch gar nicht, wie Andres Veiel Ökozid zu schreiben und eine Gerichtsverhandlung im üblichen Tageslicht des Genres zu verfassen. Geht doch gar nicht, wie Caren Jeß in *Bookpink* lauter Vögel auftreten zu lassen, die wie Menschen sprechen und doch Vögel sind. Andere Stücke haben Wälder, Flüsse und Berge zu Bühnenfiguren gemacht in einer Art Magischem Realismus 2.0, also nicht-menschliche Akteure inmitten des Anthropozäns, immerhin erfrischend unter all den Vornamenstücken. Geht doch gar nicht, sage ich schon weiter und suche hektisch nach Beispielen, was alles nicht geht, nur um mich von meinen eigenen Textschwierigkeiten zu drücken. Ja, so sind sie, die Autor:innen – arrogant und ungerecht.

Warum es also überhaupt versuchen? Habe ich mich anstiften lassen, was will ich eigentlich wissen, oder habe ich etwas als Auftrag verstanden, was gar kein Auftrag sein kann? Ja stehen plötzlich wieder Aufträge im Raum? Man bekommt sie allerdings heute von zukünftigen Generationen, wie mir die Erdsystemforscherin Antje Boetius in einem persönlichen Gespräch nahelegte. Sie hatte zusammen mit Frank M. Raddatz das »Theater des Anthropozäns« gegründet, weil sie denkt, dass die Kunst die Lücke zwischen Wissen und Handlung, nein, auch zwischen Wissen und Haltung bzw. Verstehen schließen kann. Kunst könnte das Wissen »emotional« machen, das uns so abstrakt gegenübersteht. Denn alle wissen ja schließlich bereits, was los ist, also die Politiker:innen wissen Bescheid, die Unternehmerschaft weiß Bescheid und auch die Erdölkonzerne wissen schon sehr lange Bescheid, was wir daran festmachen können, dass sie bereit waren, Unsummen dafür auszugeben, um dieses Wissen zu verhindern. Selbst die Wähler:innen dürften Bescheid wissen, auch wenn sie ihr Wissen nicht im Wahlakt umgesetzt haben.

Verschließen sich Ihre Ohren etwa nicht sofort, wenn es heißt »Mikroplastik«? Sagen Sie etwa nicht: »Wir haben genug gehört! Wir wollen keine Infos mehr über Kontinente aus Müll und Korallenbleiche! Wir haben keine Lust mehr auf Eisbärengeschichten, Wüsteneien im Sudan und Permafrostlöcher in Sibirien! Auch unsere toten Fichtenwälder und Braunkohleruinen haben wir genug gesehen.« Meine Güte, füge ich schon etwas leiser hinzu, was haben wir nicht schon alles über den Kohlenstoffkapitalismus erfahren, nicht zuletzt von der australischen Schriftstellerin McKenzie Wark, über Ressourcenschwund, Tipping Points und das Massensterben der Arten? Wir wissen darüber immer schon zu viel als zu wenig, und die literarische Arbeit könnte darin liegen, das Zuviel in ein Zuwenig zu verwandeln, in das Bedürfnis nach Gehör. Noch einmal Timothy Morton: »Die breite Masse der Ökoliteratur, die wir oft als dem Umweltschutz verpflichtet bezeichnen, ist grob gesprochen im Modus der Informationsvermüllung angelegt.«[58] Dieser Zustand der Überinformation macht mir Angst, ist aber gleichzeitig weit weg. »Wenn der Himmel sich braun färbte vor CO_2«, erzählte mir der Meteorologe und Präsident des deutschen Clube of Rome, Mojib Latif, »dann würden alle sofort handeln.« Mein Himmel bleibt halbwegs blau. Die Wälder werden hier nur teilweise grau, die Natur verliert anscheinend für mich noch nicht ausreichend an Farbe, damit ich etwas wirklich unternehme.

Stopp! Vieles ist in Gang gekommen, viel wurde unternommen, auch von mir selbst – »Da sind wir doch schon längst woanders!« Die entrüsteten Reaktionen derer, die für diverse Institutionen und Organisationen tätig sind und sehr viel bewegt haben sprechen Bände. Auf meine Frage der Vergeblichkeit antworteten am selbstbewusstesten die Juristinnen von Germanwatch und Greenpeace, oder von Instituten wie dem ECCHR (European Center for Constitutional and Human Rights), denn das Recht handelt noch, es gestaltet politisch diese Welt in dieser Hinsicht am ehesten, die Gerichte schaffen sozusagen Fakten, während Politiker:innen eher in der Angst vor ihren Wählern erstarren. Aber auch die Aktivist:innen von Ende Gelände, der Bewegung Fridays for Future, der

58 Timothy Morton, S. 37.

Scientists for Future, der Parents for Future – sie alle haben viel bewegt, und einige verstehen meine Frage nach der Bremswirkung in der Öffentlichkeit, andere nicht, finden sie sogar politisch unklug. Und doch höre ich immer wieder die Zweifel an der eigenen Wirksamkeit, manchmal wird die Selbstwirksamkeitsproblematik auch nur nach außen delegiert, man selbst kenne sie nicht, aber sei immer wieder bei anderen damit konfrontiert, Mitstreiter:innen, das Umfeld. Vielleicht hat dieser Umstand sogar etwas mit meiner Erzähllähmung zu tun und mit dem Gefühl des »Stets-schon-Erzähltseins«.

Da sind wir schon wieder – beim Auserzählten. Dort befindet sich mein derzeitiges literarisches Einwohnermeldeamt, wie es aussieht. Und in diesem Gebäude werde ich mit einer zeitlichen Struktur konfrontiert, die alle Krisenthemen bestimmt: Die mediale Signatur des Livetickers. Denn was unter seinem Banner läuft, was im ständigen Fokus einer Timeline sitzt, muss für die Literatur als auserzählter Stoff gelten. Auch wenn man jetzt einwenden wollte, dass Literatur ja nicht alleine auf medialen Diskursen beruht, so muss man feststellen, dass diese Form der erzählten Zeitlichkeit wie ein Bannfluch oder ein medialer Hexenspruch des Gegenwärtigen auf sie wirkt, sie vergiftet auch das, was an Erfahrungsräumen dranhängen mag. Warum? Weil diese Gegenwärtigkeit nichts mehr von dem »Kairos« an sich hat, jenem günstigen Augenblick, sie ist immer schon vorgetaktet, erwartbar und gleichförmig. Festgelegte Gegenwart ist das Unliterarischste, was man sich vorstellen kann. Anna Lowenhaupt Tsings *Der Pilz am anderen Ende der Welt* konnte diese Form aushebeln, weil sie auf verschiedenen Wegen das Leben in prekären Umwelten erzählt und als praktische Überlebens-Kohabitationserzählung schildert, fast schon, um es mit dem Begriff der Lyrikerin Anja Utler zu bezeichnen, »sympoetisch«. Tsings Buch ist ein essayhafter Bericht, der Recherchen mit einer eigenen Reise verbindet und die Erfahrung anderer über eine lange Form der Begegnung erzählt. Nichts knüpft an ein verbranntes Thema an, bei dem man ins Abstrakte ausweichen müsste, oder bloß keine gegenwärtigen, »aktuellen« Namen verwenden müsste.

Ein erneuter Blick in die Vergangenheit mag dies verdeutlichen. Was soll man über Ereignisse, die medial unter dem Titel »11. September« zusammengefasst sind, noch sagen und wie diesen Titel im Stoff loswerden? Und wie lange hat man den Roman zur Wiedervereinigung vergeblich beschworen. Allerdings ist vor kurzer Zeit, mitten im Auserzählten eine der bezauberndsten Publikationen der letzten Jahre im spector books Verlag erschienen: *Das Jahr 1990 freilegen*, ein Editionsgroßprojekt mit dem schönen Untertitel *Remontage der Zeit*. Es geht wie immer um Deutungshoheiten. Wer über die Geschichte bestimmt, bestimmt über die Zukunft. Das Editionsteam hat sich dazu entschieden, aus dem medialen Schutt herauszuarbeiten, nicht nur mit Texten, sondern hauptsächlich mit Fotografie, eine Montagearbeit von unten, die mit Material gegen die Deutung von oben auftritt, um die große Geschichte in die Vielstimmigkeit der Perspektiven rückzuübertragen, man könnte sagen, eine bodenständig marxistische Wiederaneignung. Es ist mehr als eine Neuordnung des Auserzählten, es geht ihnen um den Benjaminschen Tigersprung aus der Gegenwart in das Vergangene, der vielleicht jetzt ein Tigersprung in die Zukunft werden muss. Zumindest eine Beschwörungsformel, die öffnet. Es gilt, rauszukommen aus dem Terrain einer verbrauchten Zukunft, die in einer Welt des spekulativen Ökonomismus, der fanatischen Festlegung der Zukunft auf Szenarien, verlorengegangen ist und gleichzeitig Zukunft benutzt, um die Gegenwart auszuschalten. Es gilt wieder Zukünftigkeit ins Denken zu bekommen.

Leider findet sich kein Material aus der Zukunft, das man in Stellung bringen könnte, es gibt nur solches aus der Gegenwart, das sich als zukünftig maskiert. Prognosen, Statistiken, Wahrscheinlichkeitsrechnungen. Die Pandemie ist nur darin das beste Beispiel. Auch sie hat sich uns in Form der Liveticker offenbart und so medial in Beschlag genommen, bis sie zum alltäglichen Überdruss ausgewachsen ist. Trotz all der gesellschaftlichen Anstrengung, die unternommen wurde, bleibt der Frust. Real kann man zwar zufrieden sein über die medizinischen Leistungen, die Impfmöglichkeiten, oder wütend sein über deren global ungerechte Verteilung, diskursiv war dagegen ständig die Rede davon, wie Impfungen mit der nächsten Mutation wertlos werden könnten, wie die jetzige Mutation alle Lockdowns sinnlos machen wird. Die Prophezeiung des Untergangs schwebte lange Zeit über allen Nachrichten und niemand möchte noch etwas darüber lesen. Man könnte es als Übererzählung bezeichnen, sozusagen eine Übererzählung der Gegenwart. Aber gibt es die überhaupt?

Der Literaturwissenschaftler Joseph Vogl würde dies in seinem Buch *Kapital und Ressentiment* in Hinblick auf die gegenwärtige Informationsökonomie verneinen, da die Geschichten ja einem ständigen Sichtbarkeitsregime mit »automatischen Entscheidungsprozessen und mit seine(n) rekursiven, gleichsam börsianischen Bewertungs- und Abstimmungsdynamiken«[59] zu tun haben, also ständigen Selektionsprogrammen unterworfen sind. Wir befinden uns im neuen Plattformkapitalismus, jener Fusion von Finanz- und Informationsökonomie, und zwar in seinem »Wahrheitsspiel«,[60] in dem es längst nicht mehr um Wahrheit im pathetischen Sinne geht. Und die Behauptung der Gegenwart darin ist ohnehin eine Fiktion.

Natürlich ist Gegenwärtigkeit medial immer nur konstruiert. Schon Gertrude Stein hat in ihren Vorlesungen von 1935 hervorgehoben, dass Zeitungen die stete Behauptung aufstellten, sie verkauften die Nachrichten von heute, wobei sie in Wirklichkeit die Nachrichten von gestern vertickten. Auch wenn das heute durch die digitalen Medien möglich scheint, so stimmt es auch hier nicht ganz, Nachrichten müssen immer erst produziert werden. Zeitgleich gibt es sie nicht. Gegenwart wird behauptet, ja inszeniert, sie ereignet sich im Text auf andere Weise als im echten Leben. Es ist genauso, wie den Anschein des Authentischen herzustellen, ein formaler Akt. Und heute verbindet sich dieser mit dem Imperativ: Be now! Lebe jetzt! Aber von welchem Jetzt sprechen wir da überhaupt? Wir haben schon von jener Nullstelle des medialen Augenblicks gehört, der stets schon formal beschlossenen Gegenwart, die sich in klarer Erwartbarkeit entlang von rhythmisch erfolgenden Presseterminen, eingetakteten statistischen Verlautbarungen und angebundenen Stellungnahmen nach vorne hangelt.

59 Joseph Vogl. *Kapital und Ressentiment*, S. 128.

60 Joseph Vogl, S. 144.

Die Lyrikerin und Essayistin Monika Rinck bezieht in den *Honigprotokollen* dieses Jetztdiktat auf die ständige Ansprechbarkeit der sozialen Medien.

»Die poetische Sprache weiß, dass beim vorherrschenden Unmittelbarkeitskult nichts mehr zu holen ist. Denn der Immediatismus ist keine geistes-gegenwärtige, taumelnde Augenblicksekunde mehr, sondern meint in-zwischen immerwährende Verfügbarkeit, ständige Ansprechbarkeit, Auslöschung der Lücke. Wir (ich und das Gedicht) wollen aber nicht mehr ständig ansprechbar sein. Ich würde sogar so weit gehen zu behaupten, dass es sich bei der ständigen virtuellen Ansprechbarkeit durch Geräte um ›Zeitmissbrauch‹ (abuse of time) im schlimmsten Sinne handelt, der sich groteskerweise auch noch als Nutzung (oder gar Ausnutzung) jeder freien Sekunde tarnt. ›Wissen zu wollen, wie man gelebt haben wird, macht müde.‹«[61]

Dem ständigen Updateverhalten entspricht die FOMO, die fear of missing out, jene neurotische Haltung, überall und nirgends zu sein, aus Angst, etwas zu verpassen. Interessant wird Rincks Gedankengang aber noch durch eine weitere Komponente. So schreibt sie kurz darauf: »Die poetische Sprache der Zukunft wagt den Entzug. Sie propagiert ihn, statt ihn zu erleiden. … Ich spreche schlicht von einem anderen Timing – das sich eben auch in seiner Wahrnehmung realisiert. Weil das Gedicht kein Geld hat, hat es Zeit.«[62] Hier wird sehr unvermittelt die Frage

---

61 Monika Rinck. *Honigprotokolle*, S. 19.

62 Monika Rinck, S. 20 f.

nach der Verbindung von Zeit und Geld in den Raum gestellt, die letztlich zentral ist für unsere Überlegung zur Zeitarchitektur und dem Zeitgebrauch. Schließlich befinden wir uns in einem radikalen Ökonomismus, der allem einen Wert zuspricht und alles zu einem Produkt erklärt, das stets zu optimieren ist, um eben diesen Wert zu steigern. Die Zeitstruktur, die er produziert, ist die Nulllinie, der es sich anzunähern gilt. Zeit kostet Geld und ist nicht zu verlieren, besonders im Plattformkapitalismus, oder sollten wir eher sagen Informationskapitalismus, in dem Eigentum angeblich abstrakt geworden sein soll. Bloß im Flow bleiben! Bloß sich nicht zu lange mit einer Fragestellung aufhalten, denn es gilt sich der nächsten Geldquelle zuzuwenden. Das setzt eine Beschleunigung in Gang, die die Akzelerationisten beschrieben haben. Und es geht mit einer ständigen Evaluierungs- und Prüfleistung einher. Aber wenn Informationen genau dieser Produktform unterworfen sind, nicht neutral existieren, sondern gekauft und verkauft werden, ist das Gedicht dem wirklich enthoben? Kann man sagen, dass sich Informationen verbrauchen, ein literarischer Text hingegen immer wieder neu gelesen werden kann? Ihm wohnt jedenfalls eine Trägheit inne, die sich dem sofortigen Zugriff entzieht. Aber was unterscheidet diese Trägheit von der eines Computerspiels, das sich ebenfalls dem sofortigen Zugriff entzieht?

Von Trägheit spricht auch McKenzie Wark in *Capital Is Dead*. Auch wenn wir in der ewigen Beschleunigung festsitzen mögen, umgeben von dem Anschein der Ewigkeit, den sich das Kapital dabei verpasst und somit zu einer quasi religiösen gottgleichen Figur wird, gibt es etwas Widerständiges, das sie beschwört, die subalternen Klassen und mit ihnen die Vulgarität, ich gebe zu, in diesem Kontext ein merkwürdig anmutender Begriff. Mit Wark stellen wir jedenfalls fest: Gott mag tot sein, aber das Kapital tut so, als wäre es dies nicht. Mehr noch, es wirkt immer lebendiger als man selbst. Aus dieser relativen Unlebendigkeit heraus schreiben wir heute. Mit einem zombiehaften Blick aufs Geld. Vielleicht hilft dieses Bewusstsein herauszukommen aus den Schwierigkeiten des Schreibens auf diesem auserzählten Terrain des Zukünftigen, vielleicht ist die Warksche Suche nach der Trägheit und der kruden Vulgarität des Widerstands ein Anker, an dem etwas in Bewegung geraten mag.

Zu diesem Begriff der widerständigen Vulgarität fallen mir zwei filmische Beispiele ein, Bruno Dumonts TV-Serien *Kindkind* und *Quakquak und die Nichtmenschen*, die beide in der Normandie spielen. Dumont, ein Meister des Realismus, lässt darin Laiendarsteller auftreten, die auf burleske, ja barocke Weise das Gestische, Nichtsprachliche mit den krudesten Dialogen zu verbinden verstehen, nur noch hauchdünn verbunden mit dem Krimi-Genre oder einer Coming of Age-Geschichte. Hier wird Vulgarität zu einer genau gesetzten Geste, nicht auftrumpfend, sondern fragend, suchend und verweigernd, und sie arbeitet mit Schleifen, Wiederholungen, absurdem Theater, und wirkt gleichzeitig artistisch wie absolut einleuchtend. Es ist der Versuch eines Realismus, der sich wehrt gegen die brutale Verfasstheit dieser Welt.

Die zweite Suchbewegung knüpft an die zeitliche Zwitterposition an. Denn wenn es so ist, dass wir gleich den posttraumatischen Menschen aus Timothy Mortons Buch *Ökologisch sein* stets versuchen, unsere Gegenwart an einen Zeitpunkt *vor* der Klimakrise zu verschieben, um noch Handlungsoptionen zu sichern, dann könnten wir sagen: »Wir werden uns schon was vorgestellt haben. Wir werden es erwartet haben, es kommen gesehen haben und haben dann wirklich gehandelt. Jetzt aber begreifen wir es nicht.« Und so wird in Wirklichkeit niemand von uns dabei gewesen sein, schreibt er, in dem Moment, als man noch handeln konnte. Aus dieser merkwürdigen Zwitterposition heraus gilt es zu schreiben. Das hieße auch, immer wieder erneut auf das Auserzählte zu stoßen, auf das schon Erledigte, und immer wieder ihm nicht glauben, es von Neuem mit ihm aufnehmen und darunter das Jahr 2022, 2023, 2024 freilegen und nach Öffnungen suchen.

Abschreiben

Wer bin ich, wenn ich schreibe? Wo bin ich und wann bin ich und mit wem? Bin ich nur Schreibende oder auch gleichzeitig Lektüre treibende, in meinem eigenen fiktiven Gespräch unter Autor:innen? Während Sie Folgendes lesen, vergessen Sie nicht, dass das abgeschrieben ist, und dass ein Jahrhundert, wie Gertrude Stein schrieb, immer »mehr oder weniger hundert Jahre«[63] ist, und das haben wir auch geschafft, dass wieder eines vorüber ist. Dass die Zeiten hinter uns liegen, die Moderne beispielsweise, liegt hinter uns, das 20. Jahrhundert, das wird ja andauernd gesagt, ja vergessen Sie nicht, während Sie das lesen, dass das 20. Jahrhundert hinter uns liegt, vor allem das späte 20. Jahrhundert (das genauso immer schon spät war, wie das 21. Jahrhundert zu spät), und dass es das gegeben hat, und viel habe ich daraus gelernt, viel habe ich da mitgeschrieben, und manchmal geht das späte 20. Jahrhundert in mir auch weiter, unweigerlich und es gibt ja viele Zeitgenossen, bei denen es auch so ist, manchmal liegt das späte 20. Jahrhundert aber noch vor uns wie ein Block, dann stehen wir mitten in einem 21. Jahrhundert, das noch nicht bekannt ist. Es ist eine Erinnerungsarbeit, die dann einsetzen muss. – Sagt wer? – Na ich!

63 Gertrude Stein. *Erzählen*, S. 15.

Aber wann z. B. habe ich, dieses ich, aufgehört, Gilles Deleuze und Félix Guattari abzuschreiben?

»Bildet Rhizome und keine Wurzeln, pflanzt nichts an! Sät nicht aus, sondern nehmt Ableger! Seid weder eins noch multiple, seid Mannigfaltigkeiten! Zieht Linien, setzt nie einen Punkt! Geschwindigkeit macht den Punkt zur Linie. Seid schnell, auch im Stillstand! Glückslinie, Hüftlinie, Fluchtlinie. Lasst keinen General in euch aufkommen! Ihr braucht keine richtigen Ideen zu haben, nur habt eine Idee (Godard). Habt kurzlebige Ideen. Macht keine Photos oder Zeichnungen, sondern Karten. Seid der rosarote Panther und ihr werdet euch lieben wie Wespe und Orchidee, Katze und Pavian.«[64]

Man könnte sagen, längst sind alle offiziell Wespe, Orchidee und Pavian, längst sind wir Mannigfaltigkeiten, wenn auch auf dem Boden der steten Mehrwertsteigerung, wenn auch ohne »Glückslinie, Hüftlinie, Fluchtlinie« und die Ideen sind im rasenden Stillstand auf stabile Verwertung angelegt. Vielleicht haben wir die Autoren der *Tausend Plateaus* falsch abgeschrieben, vielleicht war ich auch nur zu schnell. Dann ginge es darum, einen kleinen Bremsvorgang einzulegen, das Vergrößerungs- und Verkleinerungsglas der Friederike Mayröcker in die Hand zu nehmen und ihrer biographielosen Autofiktion zu folgen, z. B. in »wie Tagebuchblatt, 22. März 1994«:

»1 bin weiblicher Macho, auch Unterperson

2 bei *geschminktem* Äther, sage ich LEIBES GENIE, dralles Gewölk, weichschenkelig, runde WEIBSFIGUREN nach Fernando Botero, Chia, Picasso, nämlich ein Um-

64 Gilles Deleuze und Félix Guattari. *Tausend Plateaus*, S. 41.

gang oder Begräbnis, welches im Unendlichen sich verliert – dabei auch an alten Talbot gedacht

3 Pomeranzenteufel, Riechhirn, Schädelwerkstätte, halbierte Vernunft

4 mein wollenes Skript

5 lauter so schwere Anker zwischen den Zähnen

6 Denkgärtchen / Telefunkengedicht

7 Alpgeruch

8 Windpatzen, -pocken im Geäst (Gesicht)

9 sie bewegt die Hände in der Höhe ihres Gesichts, sie ahmt mit den Händen die Bewegung des Strickens nach, schau wie ungeschickt und steif!, ruft sie, zu nichts zu gebrauchen, diese meine Hände, haben so viel gearbeitet, hervorgebracht – wenn ich nur denke, wieviele Teppiche ich geknüpft habe, wie oft ich im Handarbeitszimmer gesessen bin, usw.

10 dann poltern die auf dem Fußschemel getürmten Bücher zu Boden

11 Hausdienerschaft: Titel für neues Buch?

12 Jeder Zimmergast kam mir ungelegen

13 knisternd (Seide?), die eingenähten Taschentücher im Morgenanzug

14 Fischbüchlein (›vintstille‹: nach Grimm)

15 HEILIG WIE / Klo Frau (Zebra Poster): mit abgebranntem/verkohltem Zündholz die Brauen nachgezogen, die Münzen im Almosenteller gezählt

16 Ölschlieren auf dem Bretterboden vermutlich Mond Illumination

17 Von Jupiter bombardiert, sturmgepeitschte Zuneigung

18 der ganze deutsche Schulabgang.«[65]

Mit dem ganzen deutschen Schulabgang befinden wir uns oder ich mich nicht, wie man jetzt denken könnte, in einem Gleichgewicht der Zeiten zwischen gestern und morgen, es ist auch keine Autorenidentität mehr im herrschenden Jetzt zu finden. Insofern ist es gut, dass Hubert Fichte quer durch die Zeit darauf mit einer historisierenden Geste antworten kann:

»Schriftsteller müssen – 1944 von Osten kommen und nach Osten wieder gehen, vom Schwerttod wie eine volle Kornähre gemäht werden, in die Stille horchen, still aufbewahren, wortkarg und still sein, im Gedächtnis der Nachfahren immer höher wachsen und endlich den Lebenskranz dem Volk als heiligstes Erbgut hinhalten, – 1945 – die Deutschen nicht nur in Richtung auf die Zukunft lenken, sondern ihnen helfen, sie zu erlangen, verzweifeln vor Qual, wenn man ihnen keinen Bleistift gibt, heiser heißes Gefühl schluchzen, Perlen auffädeln und ihre Handschrift pflegen, – 1946 – anderen ein Licht auf ihre Bahn werfen, sich gegen Kalligraphen wenden und die Sklavensprache zu roden beginnen, als Kahlschläger in Sprache, Substanz, Konzeption von vorne anfangen, – 1949 – der Verminderung des Bösen im Menschen dienen, mit jedem Satz eine Wahrheit setzen, durch ihre Sperberhaftigkeit kreisen und

65 Friederike Mayröcker. *Magische Blätter IV*, S. 7.

kreisen, – 1950 – dem Menschen die Maske abreißen, uns die Maske vorhalten, – 1951 – existentielle Hintergründe vorliegen oder fehlen haben, faszinierend montieren, – 1952 – ihren Freunden bibliophile Ausgaben stehlen, gute Seismographen geistiger Katastrophen sein, – 1955 – in Form sein, wie ein Sprinter in seinen Startlöchern, das Paradoxe der menschlichen Existenz hervortreten lassen, suggestiv auf vorrationale Schichten einwirken, aber auch die Geheimnisse der Begriffe in Schwingung versetzen, verfremden, deformieren, – 1957 – den Prozeß der weiterdichtenden unabschließbaren ins Offene hinausführende Deutungsversuche in Gang bringen, Einsichten hinsagen, die man nur als Reiter über den Bodensee gewonnen haben kann, die technische Zivilisation und ihre Problematik in den Gehalt aufnehmen, – 1959 – ganze Philologengenerationen Nüsse zu knacken geben, – 1960 – den Zuschauer mit der Unverständlichkeit der Fragwürdigkeit des Lebens konfrontieren, – 1961 – für das Positive plädieren, finden, daß ein Schnupfen schwerer zu beschreiben sei als Krebs. – 1962 – mißtrauisch gegen das Wort sein, ins 21. Jahrhundert umsteigen.«[66]

Er antwortet noch länger, aber Gertrude Stein möchte eine relevante Zwischenfrage stellen:

»Was ist ein Publikum und warum kommt ein jeder das heißt alles immer darauf zu sprechen.«[67] Denn man kann ja in die andere Richtung blicken, vielleicht ist auch es historisch zu fassen, sie aber bleibt in ihrem 21. Jahrhundert, das wir nicht kennen:

---

66 Hubert Fichte. *Detlevs Imitationen »Grünspan«*, S. 228.

67 Gertrude Stein. *Erzählen*, S. 82.

»Ich habe wirklich eine ganze Menge darüber herausgefunden was ein Publikum ist einfach durch eine Reihe Erlebnisse mit ihm. Ich bin ohne eines gewesen, und ich bin mit einem gewesen, ich habe mich selbst mein eigenes sein lassen und ich ich bin fast ohne es für mich selbst zu sein gewesen und dann kam ich plötzlich darauf dass ich eines gehabt hatte ohne zu hören daß ich es haben sollte daß heißt kein Publikum außen doch mich selbst und dann entdeckte ich etwas an Shakespeares Sonetten und tatsächlich das hat was mit Geschichte zu tun obwohl vielleicht vielleicht obwohl ich es nicht glaube auch wenn ich es glaube und ich glaube es.«[68]

Hubert Fichte aber gibt seine historische Aufzählung nicht auf, er lässt sich nicht unterbrechen, zumindest in meiner Lektüre:

»– 1963 – den Zweiten Thermodynamischen Hauptsatz beherrschen, streitender Satzreihen bedürfen, die Lage registrieren, Großväter in der Wohnküche untersuchen, Standpunkte ausprobieren, – 1964 – präzise sein, Teilaufgaben nach bestimmten Anforderungen lösen, das Hungern als die für einen Schriftsteller angemessene Mahlzeit halten, den Bericht fortsetzen, Sprache dazu bringen, sich zu äußern, kitschig sein mögen, – 1966 – nicht ohne offene politische Stellungnahme arbeiten, das politische Theater zerstören, die Sprache beim Wort nehmen, – 1967 – einen möglichen Endpunkt literarischer Entwicklung fixieren, schlecht schreiben, um wirklich gut zu sein, die Sprache selbst zum Mittelpunkt machen, – Abgründe von Lauterkeit sein, ihre Kritiker erschießen,

68 Gertrude Stein. *Erzählen*, S. 82 f.

bei jeder Lesung die Zuhörer Arschlöcher nennen, ihren Beitrag zur Erarbeitung von Grundpositionen vorbereiten, – 1969 – vorn sein, – 1970 – Waren produzieren, Kunstwerke sein, trockene Hände haben.«[69]

Die trockenen Hände sind mir geblieben, aber nicht zum eigenen Vorteil. Zu ihnen gehört auch der Versuch von David Foster Wallace, durch die Wand der Fiktion ins Reale zu kommen, dem hier und jetzt einer schreibenden Existenz, eine absurde und selbstironische Revolte, die eigentlich nicht abzuschreiben ist:

»**Autor hier**. Also der reale Autor, der echte Mensch, der den Bleistift führt, keine abstrakte narrative Instanz. Zugegeben, manchmal taucht in *Der bleiche König* eine solche Instanz auf, aber dabei handelt es sich fast immer um ein konventionelles Pro-forma-Konstrukt, eine juristische Person, die nur aus kommerziellen Gründen existiert, ungefähr so wie ein Unternehmen; sie hat keine direkte nachweisbare Verbindung zu mir als natürlicher Person. Aber das hier bin jetzt ich als echter Mensch, David Wallace, vierzig Jahre alt, Sozialversicherungsnummer 975-04-2012, und ich wende mich an diesem fünften Frühlingstag des Jahres 2005 aus meinem gemäß Formular 8829 steuerabzugsfähigen Heimbüro am Indian Hill Blvd. 725, Claremont 91711, Kalifornien, an Sie, um Ihnen Folgendes mitzuteilen:
Dies alles ist wahr. Dieses Buch ist wirklich wahr.«[70]

Habe ich bereits begonnen, Fehler zu machen? Fehler

69 Hubert Fichte. *Detlevs Imitationen »Grünspan«*, S. 228 f.

70 David Foster Wallace. *Der bleiche König*, S. 79.

beim Abschreiben sind vorprogrammiert, hier habe ich einen Absatz übersehen, dort einen Zahlendreher unternommen, die Fehler nehmen ihren eigenen Lauf, sie verketten sich zu einer sprechenden Geschichte der Unaufmerksamkeiten, die Wirklichkeit aber lässt sich nicht abschreiben, werden Sie sagen, das ist ja bekannt. Peter Waterhouse hingegen überlegt in *(Krieg und Welt)*, wie er weiterverfahren soll angesichts der Wirklichkeitsanrufungen um ihn herum, das starre Verhältnis von Welt und Autorschaft neu justierend:

»Im wirklichen Leben gibt es keine Atomkraftwerke. Aber wer erzählt mir vom wirklichen Leben, wenn alle das unwirkliche Leben haben? Alle erzählen das unwirkliche Leben, alle wollen, laut Hogwarts, immer mehr Macht, alles strebt dem Tod zu: Das ist unser Sätze-Nichts, nachlesbar im Literatur-Nichts. Küchenfensterlein. Atomkraftwerklein, das mir lieber ist als 1500 Prozent der Literatur und Gedanken und Wissenschaft und Religion und Nachrichten und Ereignisse und Erlebnisse und Pornographien und Photographien und Skirennen und Olympische Spiele und Ipswich-Town-Siege und. Ach, der Tod, der mir lieber ist …«[71]

Peter Waterhouse ist sicherlich einer der Autoren, die man am besten verstehen kann, wenn man sie auswendig lernt[72] oder mehrfach abschreibt, das ist ganz ähnlich wie mit Gertrude Stein. Nicht verstanden habe ich und darum mehrfach abgeschrieben, sein Verhältnis zur Phantasie. Oder ich habe es doch verstanden, aber nur beina-

---

71 Peter Waterhouse. *(Krieg und Welt)*, S. 89 f.

72 um den Schauspieler und Regisseur Leopold von Verschuer zu zitieren.

he. In seinem fiktiven Gespräch, die auf die oben zitierte Passage folgt, wird ihr ein merkwürdiger Nicht-Raum zugewiesen: »Der Freund sagte: Ich habe gar keine Phantasie. Ist es schön? Oder ist es elend? Ich habe anstelle der Phantasie das türkische Eichenblatt, das ich dir gezeigt habe. Und ich habe anstelle der Phantasie den Eisenhut. Ha ha. Ich habe anstelle der Phantasie den Mond. Ha ha. Ich habe anstelle der Phantasie meinen Apfelgarten. Da, wo jemand den schönen Abendhimmel sieht, habe ich entweder gar nichts oder ein türkisches Blatt oder einen Apfel. Da, wo die Supermärkte sind, habe ich keine Supermärkte. Anstelle von Phantasie habe ich zwei Paar Hosen und ein paar Schuhe. Manchmal träume ich etwas, in den Träumen sehe ich etwas, das ist die Phantasie, es ist nicht meine. In den Träumen schaue ich mir die Phantasie an, sie gefällt mir nicht... Die großen Märkte träumen. In so einer Traumfabrik ist vielleicht nichts. Habermas hat in der Zeitung geschrieben, man muss das Wort *Wahrheit* aufgeben. Bill Clinton hat dasselbe gesagt gestern *on BBC*, bei seiner *Richard-Dimbleby-Lecture*, nicht zu gering dafür honoriert. Aber Habermas hat vergessen zu sagen, welches Wort denn ein Wort wäre, das nicht aufgegeben werden muß.«[73]

Hier schreibt jemand nicht nur nahe am Scheitern, sondern durch ein Scheitern hindurch, Erkenntniszweifel durchziehen den Text, er ist niemals kokett, das lese ich nun wirklich nicht heraus, er verweigert den Ausdruck des theatral Tragischen, die Heiner Müller diesem Scheitern beizumessen weiß zwischen Gleichgültigkeit und

---

73 Peter Waterhouse. *(Krieg und Welt)*. S. 91 f.

Gleichgültigkeit. Etwas, das ich selbst nicht formulieren könnte, diese männlich heroische Dekonstruktion steht mir nicht zur Verfügung. Interessant ist allerdings der Ausgang dieser Textpassage:

»Das Gefühl des Scheiterns, das Bewußtsein der Niederlage beim Wiederlesen der alten Texte ist gründlich. Versuchung, das Scheitern dem Stoff anzulasten, dem Material (ein kannibalisches Vokabular – ›We are such stuff as dreams are made of‹), der Geschichte des amputierten Helden: sie kann jedem passieren, sie bedeutet nichts … Die Wahrheit ist konkret, ich atme Steine. Leute, die ihre Arbeit machen, damit sie ihr Brot kaufen können, haben für solche Betrachtungen keine Zeit. Aber was geht mich der Hunger an. Uneinholbarkeit des Vorgangs durch die Beschreibung; Unvereinbarkeit von Schreiben und Lesen; Austreibung des Lesers aus dem Text. Puppen, mit Wörtern gestopft statt mit Sägemehl. Herzfleisch. Das Bedürfnis nach einer Sprache, die niemand lesen kann, nimmt zu.«[74]

Ein Gegengift nötig? Nicht unbedingt. Aber Dagmara Kraus durchkreuzt jene Müllersche Absolutheit und springt schneller in die Gegenwart, als man für möglich hält. Eine Gegenwart, die eine vielsprachige Zukunft zu verkünden weiß:

»millionen flüchtige wörter stehen an
der grenze zu diesem gedicht
die beine in den bauch sich
schlange an der grenze

74 Heiner Müller. *Die Prosa (Werke 2)*, S. 87.

dunkle wörter, dunkle fremde
suchen nach zuflucht, wollen hier wohnen
verjaschmakt, betschadort, da warten
mummen von jenseits der pole

'sind welche von ungarn gekommen
zupełnie niedeutschałe słowa
drängen sich hier in die futura
ręce błagają, bebeten die grenzen

deine, deutschyzno moja«[75]

Der Rand der Sprachen ist eine Fiktion, genauso wie deren Abgeschlossenheit, Abzuschließenheit, und zwar eine gefährliche, kein reines Deutsch, lese ich, keine externe Existenz mit Überblicksvorteil. Und wenn ich vom frühen René Pollesch bereits gelernt habe:

»Susanne: Du arbeitest in Hochtechnologie-Jobs in diesem Gentechnologiehotel und du hast –

Rolli: In den letzten vierzig Jahren keinen Schlaf mehr gehabt«[76],

dann weiß ich, dass sich die Fragen der Orientierung stets mit Machtfragen verbinden. Es ist kein weiter Weg von Pollesch zurück zu Wenedikt Jerofejew, der 1969/1973 dessen Diagnose bereits formuliert hat:

»Ja, und dann ging ich ins Zentrum, weil es bei mir immer so ist: wenn ich den Kreml suche, gerate ich unweigerlich zum Kursker Bahnhof. Eigentlich mußte ich ja auch zum Kursker Bahnhof und nicht ins Zentrum, aber

75 Dagmara Kraus. *liedvoll, deutschyzno*, S. 19.

76 René Pollesch. *Heidi Hoh arbeitet hier nicht mehr*. S. 45.

ich ging trotzdem ins Zentrum, um wenigstens ein einziges Mal zum Kreml zu gelangen. Ob so oder so, denke ich, den Kreml kriege ich ohnehin nicht zu sehen, sondern gerate direkt zum Kursker Bahnhof.«[77]

Sie sagen, jetzt reicht es aber? Es gehe Ihnen zu schnell durch meinen Flug durch die Texte? Ich sage Ihnen, es geht noch schneller. Denn auch Österreich hat seinen Kursker Bahnhof! Elfriede Jelinek ist dort immer schon unterwegs, verführend, entführend, überführend, aus dem Mund einer politischen Klasse, die nichts als ihren Vorteil sieht, sprechend und diesen durchkreuzend, die Wirklichkeit sie nicht überholen lassend:

»Wir hätten etwas anderes sagen können, doch wir haben nun einmal dies gesagt und das gemeint, wir haben das gesagt und dieses und jenes gemeint, wer Ohren hat zu hören, der hat uns verstanden, wer Augen hat zu sehen, der hat uns erblickt. Wir waren im Bilde. Wir haben uns selbst nicht gesehen, erst später haben wir uns gesehen, da war es zu spät, uns wieder zurückzunehmen. ...Und selbst wenn wir im Rahmen der Gesetze geblieben sind, müssen wir diesen Gesetzen doch einen neuen Sinn geben und dann doch wieder in unserem Sinn handeln, welcher auch genau der Sinn der Gesetze sein wird. Wir müssen sie der Politik, so nennt man jetzt unser Handeln, früher war es einfach nur Handeln und Wandeln, es war Fleisch, Industrie und Auto, jetzt ist es Politik, wir müssen uns also anpassen, was uns noch nicht paßt. Die Gesetze müssen schon zu uns passen, so wie auch unsere Politik zu uns paßt, sonst nehmen wir sie nicht.«[78]

---

77 Wenedikt Jerofejew. *Die Reise nach Petuschki,* S. 10.

78 Elfriede Jelinek. *Schwarzwasser. Am Königsweg.* Zwei Theaterstücke, S. 184 f.

Jetzt ist es doch still geworden in meinem Textgespräch. Schlagartig. Diese österreichische Gesetzesstille wird nach einiger Zeit nur noch von der australischen Schriftstellerin McKenzie Wark durchkreuzt, sie begegnete mir weit aus dem 20. Jahrhundert draußen, aber ich erinnere mich trotzdem genau:

»This is not capitalism, it's worse. We are free to desire another project for what might come after captitalism. It won't be Communism; as it turns out, the exit from Capital through external revolution was an off-ramp not taken. God is dead; Communism is dead. It is, at best the legacy code of the Chinese ruling class. But that does not exhaust the imaginal faculty of the subordinate classes, whose vulgar energy may even in this practico-inert world have some surprises in store.«[79]

Fortsetzung folgt[80]

79 McKenzie Wark. *Capital Is Dead. Is this something worse?*, S. 142.

80 Wo? – Genau zwischen all diesen Texten … Dort befindet sich der Moment, an dem die Fortsetzung folgt.

Quellen

Bachtin, Michail. Das Wort im Roman. In: Bachtin, Michail. *Die Ästhetik des Wortes.* Übersetzt von Rainer Grübel und Sabine Reese. Frankfurt a. M.: edition suhrkamp, 1977.

Bailey, Christopher Brett. *This Is How We Die.* London: Oberon Books, 2014.

Bauer, Katja und Maria Fiedler. *Die Methode AfD.* Der Kampf der Rechten: Im Parlament, auf der Straße – und gegen sich selbst. Stuttgart: Klett-Cotta, 2021.

Bernhard, Thomas. *Gehen.* Frankfurt a. M.: Suhrkamp Verlag, 1971.

Breithaupt, Fritz. *Kultur der Ausrede.* Frankfurt a. M.: Suhrkamp, 2012.

Deleuze, Gilles und Félix Guattari. *Tausend Plateaus.* Kapitalismus und Schizophrenie. Übersetzt von Gabriele Ricke und Ronald Voullié. Berlin: Merve-Verlag, 1993.

Derrida, Jacques. *Die Einsprachigkeit des Anderen.* Übersetzt von Michael Wetzel. München: Wilhelm Fink Verlag, 2003.

Faschinger, Lilian. *Die neue Scheherazade.* München: List Verlag, 1986.

Falb, Daniel. *Orchidee und Technofossil.* Berlin: kookbooks, 2019.

Fichte, Hubert. *Detlevs Imitationen »Grünspan«.* Frankfurt a. M.: S. Fischer, 1971. Abdruck mit freundlicher Genehmigung des S. Fischer Verlages.

Ghosh, Amitav. *Die große Verblendung.* Der Klimawandel als das Undenkbare. Übersetzt von Yvonne Badal. München: Karl Blessing, 2017.

Glissant, Édouard. *Kultur und Identität.* Ansätze zu einer Poetik der Vielheit. Übersetzt von Beate Thill. Heidelberg: Das Wunderhorn, 2013.

Grjasnowa, Olga. *Die Macht der Mehrsprachigkeit.* Berlin: Dudenverlag, 2021.

Horn, Eva und Hannes Bergthaller. *Anthropozän.* Zur Einführung. Hamburg: Junius Verlag, 2020.

Haraway, Donna. *Unruhig bleiben.* Die Verwandtschaft der Arten im Chthuluzän. Übersetzt von Karin Harrasser. Frankfurt a. M./New York: Campus, 2018.

Harney, Stefano und Fred Moton. *Eine Poetik der Undercommons.* Übersetzt von Harold Mendez und Lena Schmidt. Berlin: Merve Verlag, 2019.

Jelinek, Elfriede. *FaustIn and Out.* https://www.elfriedejelinek.com/ffaustin.htm

Jelinek, Elfriede. *Das Schweigen.* https://www.elfriedejelinek.com/fschweig.htm

Jelinek, Elfriede. *Sprech-Wut.* https://www.elfriedejelinek.com/fschille.htm

Jelinek, Elfriede. *Schwarzwasser. Am Königsweg.* Zwei Theaterstücke. Reinbek: Rowohlt, 2020. Abdruck mit freundlicher Genehmigung des Rowohlt Verlages.

Jerofejew, Wenedikt. *Die Reise nach Petuschki.* Übersetzt von Natascha Spitz. Frankfurt a. M.: Suhrkamp Verlag, 1998.

Kraus, Dagmara. *liedvoll, deutschyzno.* Berlin: kookbooks, 2020. Abdruck mit freundlicher Genehmigung von kookbooks.

Latour, Bruno. *Kampf um Gaia.* Acht Vorträge über das Klimaregime. Übersetzt von Achim Russer und Bernd Schwibs. Frankfurt a. M.: Suhrkamp Verlag, 2017.

Levi, Primo. *Die Untergegangenen und die Geretteten.* Übersetzt von Moshe Kahn. München: Hanser, 1990.

Lowenhaupt Tsing, Anna. *Der Pilz am anderen Ende der Welt.* Über das Leben in den Ruinen des Kapitalismus. Übersetzt von Dirk Höfer. Berlin: Matthes & Seitz, 2019.

Mayröcker, Friederike. *Magische Blätter I–V.* © Suhrkamp Verlag Frankfurt am Main 2001. Alle Rechte bei und vorbehalten durch Suhrkamp Verlag Berlin.

Mcfarlane, Robert und Jackie Morris. *Das Buch der verlorenen Wörter.* Übersetzt von Daniela Seel. Berlin: Matthes & Seitz, 2020.

Morton, Timothy. *Ökologisch sein.* Übersetzt von Dirk Höfer. Berlin: Matthes & Seitz, 2019.

Müller, Heiner. Werke. Herausgegeben von Frank Hörnigk, Band 2: *Die Prosa.* © Suhrkamp Verlag Frankfurt am Main 1999. Alle Rechte bei und vorbehalten durch den Suhrkamp Verlag Berlin.

Nancy, Jean-Luc. *Zum Gehör.* Übersetzt von Esther von der Osten. Zürich: diaphanes, 2010.

Nowotny, Stefan. Sprechen aus der Erfahrung von Gewalt. Zur Zeugenrede. In: Staudigl, Michael (Hg.). *Gesichter der Gewalt.* Paderborn: Wilhelm Fink Verlag, 2014.

Pollesch, René. *World Wide Web-Slums.* Reinbek: Rowohlt, 2003.

Rabinovici, Doron. *Suche nach M..* Frankfurt a. M.: Suhrkamp Verlag, 1997.

Raddatz, Frank M. *Das Drama des Anthropozäns.* Berlin: Theater der Zeit, 2021.

Rinck, Monika. *Honigprotokolle.* Berlin: kookbooks, 2012.

Sasse, Sylvia. *Michail Bachtin.* Zur Einführung. Hamburg: Junius Verlag, 2010.

Sinha, Shumona. *Erschlagt die Armen!.* Übersetzt von Lena Müller. Hamburg: Edition Nautilus, 2015.

Spivak, Gayatri Chakravorty. *Can the Subaltern Speak?* Postkolonialität und subalterne Artikulation. Übersetzt von Stefan Nowotny. Wien: Turia+Kant, 2008.

Stein, Gertrude. *Erzählen.* Übersetzt von Ernst Jandl. Frankfurt a. M.: Suhrkamp Verlag, 1971.

Stein, Gertrude. *The Making of Americans.* Geschichte vom Werdegang einer Familie von 1906–1908. Klagenfurt: Ritter Verlag, ohne Jahr (zwischen 1985–1989).

Twain, Mark. *Tom Sawyer und Huckleberry Finn.* Übersetzt von Andreas Nohl. München: Carl Hanser Verlag, 2010.

Utler, Anja. *Von den Knochen der Sanftheit.* Behauptungen, Reden, Quergänge. Wien: Edition Korrespondenzen, 2016.

Vogl, Joseph. *Kapital und Ressentiment.* München: C.H. Beck, 2021.

Vuillard, Éric. *Kongo.* Übersetzt von Nicola Denis. Berlin: Matthes & Seitz, 2015.

Vuillard, Éric. *Die Tagesordnung.* Übersetzt von Nicola Denis. Berlin: Matthes & Seitz, 2018.

Wallace, David Foster. *Der bleiche König.* Ein unvollendeter Roman. Übersetzt von Ulrich Blumenbach. Köln: Kiepenheuer & Witsch, 2013.

Wark, McKenzie. *Capital Is Dead. Is this something worse?.* London: Verso, 2019.

Waterhouse, Peter. *(Krieg und Welt).* Salzburg: Jung und Jung Verlag, 2006. Abdruck mit freundlicher Genehmigung von Jung und Jung.

Weiss, Peter. *Die Ermittlung.* Frankfurt a. M.: Suhrkamp Verlag, 1965.

Wenzel, Jan (Hg.). *Das Jahr 1990 freilegen.* Remontage der Zeit. Leipzig: spector books, 2020.

Inhalt

Mit freundlicher Unterstützung von

literatur h aus graz 

Umschlag: & Co www.und-co.at
Satz: AD
Druck: Bookpress
ISBN 978-3-99059-108-6

Literaturverlag Droschl Stenggstraße 33 A-8043 Graz
www.droschl.com